CB073893

cozinha POP

AS 100 MELHORES CENAS GASTRONÔMICAS DO CINEMA E DAS SÉRIES DE TV

com receitas

MARIANE LORENTE   **LAURA SALABERRY**

3ª impressão

PANDA BOOKS

Este livro segue as normas do novo ACORDO ORTOGRÁFICO

© Mariane Lorente e Laura Salaberry

Diretor editorial
Marcelo Duarte

Diretora comercial
Patty Pachas

Diretora de projetos especiais
Tatiana Fulas

Coordenadora editorial
Vanessa Sayuri Sawada

Assistentes editoriais
Juliana Silva
Mayara dos Santos Freitas

Assistente de arte
Carolina Ferreira

Projeto gráfico, diagramação e ilustração
Laura Salaberry

Consultoria gastronômica
Márcia Brandão de Lima

Revisão
Telma Baeza Gonçalves Dias
Juliana de Araujo Rodrigues

Impressão
A.R. Fernandez

CIP – BRASIL. CATALOGAÇÃO NA FONTE
SINDICATO NACIONAL DOS EDITORES DE LIVROS, RJ

Lorente, Mariane
Cozinha pop / Mariane Lorente, Laura Salaberry. – 1. ed. – São Paulo: Panda Books, 2014. 144 pp. il.

ISBN 978-85-7888-328-7

1. Gastronomia. 2. Culinária – Receitas. 3. Cinema. 4. Televisão – Seriados. I. Lorente, Mariane. II. Título.

13-05098   CDD: 641.5
     CDU: 641.5

2015
Todos os direitos reservados à Panda Books.
Um selo da Editora Original Ltda.
Rua Henrique Schaumann, 286, cj. 41
05413-010 – São Paulo – SP
Tel./Fax: (11) 3088-8444
edoriginal@pandabooks.com.br
www.pandabooks.com.br
Visite nosso Facebook, Instagram e Twitter.

Nenhuma parte desta publicação poderá ser reproduzida por qualquer meio ou forma sem a prévia autorização da Editora Original Ltda. A violação dos direitos autorais é crime estabelecido na Lei nº 9.610/98 e punido pelo artigo 184 do Código Penal.

de: Mariane
para: Juliano

de: Laura
para: Gabriel

sumário

Prefácio 8
Manual do usuário 10

café da manhã

Bonequinha de Luxo 12
Dexter 14
The office 15
Minha mãe é uma sereia 16
Como se fosse a primeira vez 17
Kramer vs. Kramer 18
Rain Man 19
V de vingança 20
Rocky – Um lutador 21
O Senhor dos Anéis: A Sociedade do Anel 22
Melhor é impossível 23
Os suspeitos 24

almoço

Seinfeld 26
Harry & Sally – Feitos um para o outro 28
Clube dos cinco 29
Anos incríveis 30
Meu primeiro amor 31
Patch Adams – O amor é contagioso 32
Comer, rezar, amar 33
Casamento grego 34
Touro indomável 35
Adeus, Lenin! 36
Ladrão de casaca 37
Tempos modernos 38
Portlândia 39

cozinheiro amador

Noivo neurótico, noiva nervosa 41
Julie & Julia 42
Donnie Brasco 44
Os bons companheiros 45
O silêncio dos inocentes 46
Em busca do ouro 47
Uma babá quase perfeita 48
House 49
Como água para chocolate 50
O diário de Bridget Jones 51

cozinheiro profissional

Sem reservas 53
A festa de Babette 54
Tampopo – Os brutos também comem espaguete 56
Comer, beber, viver 58
Estômago 60
A grande noite 62
Ratatouille 64
Tomates verdes fritos 66
Forrest Gump – O contador de histórias 67
Sabrina 68
Treme 69
Soul Kitchen 70
House of cards 71

jantar

A Dama e o Vagabundo 73
Esqueceram de mim 74
Quero ser grande 75

Shrek 2 76
Uma linda mulher 77
Os Irmãos Cara de Pau 78
Psicopata americano 79
Frenesi 80
Os fantasmas de divertem 81
Beleza americana 82
Edward Mãos de Tesoura 83
Quero ficar com Polly 84
Uma vida iluminada 85
Um conto chinês 86
Matrix 87
Indiana Jones e o Templo da Perdição 88
Monty Python – O sentido da vida 89

tranqueiras

Lost 91
Um dia de fúria 92
How I met your mother 93
Pulp fiction   Tempo de violência 94
Quando os jovens se tornam adultos 95
Breaking bad 96

doces

Friends 98
A fantástica fábrica de chocolate 100
Um lugar chamado Notting Hill 102
Mais estranho que a ficção 103
Simplesmente complicado 104
Embriagado de amor 105
Histórias cruzadas 106

A garçonete 107
Um beijo roubado 108
Superbad 110
O Poderoso Chefão 111
Bastardos inglórios 112
O fabuloso destino de Amélie Poulain 114
Maria Antonieta 115
Cidade dos anjos 116
Quem vai ficar com Mary? 117
9 ½ semanas de amor 118

drinks

Sideways – Entre umas e outras 120
Mad Men 122
O grande Lebowsky 124
Sex and the city 125
Volver 126
007 – Operação Skyfall 127
E.T. – O extraterrestre 128
Harry Potter e o enigma do Príncipe 129
Laranja mecânica 130

comida do futuro

De volta para o futuro – Parte II 132
O quinto elemento 133
2001 – Uma odisseia no espaço 134

Índice remissivo 135
Créditos 141
Referências bibliográficas 142
Agradecimentos 143

prefácio

COMIDA É POP

Esta não é uma daquelas listas tipo "100 filmes sobre gastronomia para ver antes de morrer de comer". Nem a compilação definitiva dos melhores momentos com comida do cinema e da TV.

O que você vai encontrar nas próximas páginas é uma coletânea ilustrada de referências gastronômicas em filmes e séries. A nossa seleção seguiu quatro critérios: (1) relevância da obra, (2) protagonismo da comida na cena, (3) *status* na escala de cultura pop e, claro, (4) preferência das autoras.

Mas este também é um livro de receitas. Ou você achou que ia ler "Deixe a arma. Pegue os *cannoli*.", de *O Poderoso Chefão*, sem aprender como fazer o clássico docinho italiano? Ou ver um texto sobre o prazer de Amélie Poulain em quebrar com a colher a casquinha de caramelo do *crème brûlée* e não ter o caminho para preparar essa delícia da cozinha francesa? Fique tranquilo que está tudo aqui – com adaptações e "licença poética", em alguns casos.

Para chegar a uma centena de filmes e seriados – é tudo ficção! –, fizemos um "levantamento" (ou seja, pesquisa na memória, na internet e com os amigos) e encontramos mais de quatrocentas referências. A partir daí, aplicamos os filtros para decidir o que não poderia ficar fora. E usamos um artifício para não sofrer tanto ao fazer alguns cortes: correlacionamos temas e elegemos como coadjuvantes cenas tão legais quanto as protagonistas. Você vai encontrá-las com a sinalização **E tem também**.

Vai encontrar também outras duas vinhetas: **Saiba mais** (com alguma curiosidade histórica ou cultural) e **Dica** (com sugestões práticas para a cozinha).

Importante: este livro contém muitos *spoilers*. Ou seja, revelações sobre o conteúdo dos filmes e seriados citados. Não teve jeito. Foi um mal necessário para contextualizar nossas escolhas. A sugestão é que você não leia o texto antes de assistir ao filme ou episódio da série e aproveite esse incentivo para se atualizar. A lista vale a pena. Pode confiar.

O livro está dividido em nove capítulos: **Café da manhã**, **Almoço**, **Cozinheiro amador**, **Cozinheiro profissional**, **Jantar**, **Tranqueiras**, **Doces**, **Drinks** e **Comida do futuro**. Essa é uma das muitas maneiras de classificar todas as cenas. Se quiser ler o livro de outra forma, você pode consultar o índice remissivo e buscar uma cena de comida pelo nome do diretor do filme, por exemplo.

Isso é *Cozinha pop*. Porque comida é cultura pop. Saiu da cozinha para o *mainstream*, dividindo espaço com outros assuntos da moda nos meios de comunicação de massa e nas preferências pessoais. Nesse contexto, um guia ilustrado sobre a comida na TV e no cinema é a nossa contribuição para os interessados nesse combo.

Bom apetite!

manual do usuário

COMO LER ESTE GUIA

nome do capítulo

nome no Brasil | nome original | diretor/criador | ano - ano

Para filmes e séries: nome dado no Brasil.

Para filmes e séries: nome original.

Para filmes: nome do diretor.
Para séries: nome do criador.

Para filmes: ano de lançamento.
Para séries: período em que a série foi produzida.

TÍTULO

Texto que descreve a cena com comida do filme ou da série.

CLÁSSICO DA GASTRONOMIA
Se o filme contém este selo, pode confiar que comida é o que não vai faltar na história.

DICA
Sugestões práticas para a cozinha.

SAIBA MAIS
Curiosidades históricas e culturais sobre gastronomia.

E TEM TAMBÉM
Outros filmes ou séries que contenham cenas relacionadas à comida.

RECEITA

TÍTULO DA RECEITA
- PORÇÃO
quanto rende a receita
- TEMPO
tempo de preparo da receita
- DIFICULDADE
fácil, média e vai dar trabalho!

INGREDIENTES
Quais ingredientes e a quantidade necessária.

MODO DE PREPARO
Explicação de como fazer a receita.

café da manhã

café da manhã

Bonequinha de Luxo | *Breakfast at Tiffany's* | Blake Edwards | 1961

BOM DIA, CHUCHU

Amanhecia quando Holly Golightly (Audrey Hepburn) desceu do táxi com seu café da manhã nas mãos. Na rua, ainda com seu belo vestido de gala, comeu um *danish* e tomou café em um copo descartável enquanto olhava a vitrine da famosa joalheria Tiffany & Co., o lugar onde "nada de mau pode acontecer". Já em casa, preferiu beber seu leite numa taça martini.

Outro dia, chateada por escolher dispensar o ex-marido, disse ao escritor Paul Varjak (George Peppard) que precisava de um drink. E pediu: "Mas prometa que não me levará para casa até eu ficar bêbada". Justo.

Holly era uma bonequinha. Cozinha não era o lugar dela. Isso fica claro no fim do filme, quando ela simplesmente deixa a panela de pressão explodir.

RECEITA

DANISH

• PORÇÃO **30 unidades** • TEMPO **2 horas** • DIFICULDADE **vai dar trabalho!**

INGREDIENTES

- 250 g de manteiga para folhar
- 30 g de fermento biológico
- 75 g de açúcar
- 85 g de manteiga sem sal
- 200 ml de leite
- 1 pitada de sal
- 1 pitada de cardamomo
- 2 ovos e mais 1 gema
- 500 g de farinha
- Água – quanto baste
- 100 g de açúcar e canela em pó a gosto para polvilhar

MODO DE PREPARO

Entre dois plásticos, faça um quadrado de 2 cm de espessura com a manteiga para folhar, usando o rolo para abrir, e leve para gelar.

Numa tigela, dissova o fermento no açúcar. Em seguida, junte o leite, a manteiga, o sal, o cardamomo, os ovos e a farinha e misture. Leve tudo para a bancada e adicione a água aos poucos, salpicando-a com a mão e amassando até formar uma massa homogênea. Faça uma bola e deixe descansar por 30 minutos.

Sobre uma superfície polvilhada com farinha, abra a massa com o rolo formando um quadrado, cerca de 2 cm maior que o de manteiga. Coloque a manteiga sobre a massa aberta de forma invertida, como um losango. Feche com os dedos, juntando as pontas, e, com o rolo, pressione levemente para que a manteiga amacie e se incorpore à massa.

Em seguida, abra a massa em formato retangular e dobre em três, como se estivesse dobrando uma carta. Repita o processo três vezes, deixando a massa descansar por 10 minutos a cada dobra, sob refrigeração. Após a última dobra, deixe-a repousar por 15 minutos.

Abra a massa e polvilhe a mistura de açúcar e canela até a metade. Dobre a parte sem mistura por cima e feche. Corte tiras de 1 cm de espessura. Torça as tiras e enrole-as em formato de caracol. Numa forma untada com óleo, deixe a massa fermentar em temperatura média de 28 °C e leve ao forno a 180 °C por aproximadamente 10 minutos.

como montar o danish

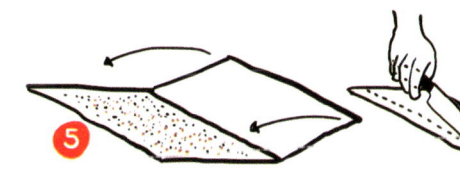

1. plástico / manteiga
2. 30 minutos
3. manteiga
4. repetir 3 vezes com 10 minutos de intervalo
5.
6.
7. encaixar a ponta embaixo

café da manhã

Dexter | Dexter | James Manos Jr. | 2006-13

CAFÉ DA MANHÃ MATADOR

RECEITA
CAFÉ DA MANHÃ DO DEXTER
- PORÇÃO **para 1 pessoa**
- TEMPO **10 minutos**
- DIFICULDADE **fácil**

Dexter Morgan (Michael C. Hall) sabe que o café da manhã é a principal refeição do dia. Por isso o dele é um espetáculo estético, cirúrgico e substancioso, que faz jus aos seus dois trabalhos: de analista forense da polícia de Miami, especialista em padrões de dispersão de sangue, e também de *serial killer* de *serial killers* nas horas vagas – não necessariamente nessa ordem.

A graça (ou não) da abertura da série é mostrar que tarefas simples do nosso dia a dia, como fritar um ovo ou uma fatia de presunto (sem trocadilhos), também pertencem ao cotidiano de um psicopata. Num jogo de cenas metaforicamente genial, uma laranja "sangra" ao ser cortada, revelando o poder do fio da faca de Dexter.

SUCO DE LARANJA: Corte 2 laranjas vermelhas (*blood oranges*, em inglês) ao meio e use um espremedor para tirar o suco. Adoce, se quiser.

PRESUNTO: Coloque meia colher de manteiga em uma frigideira quente e deixe derreter. Frite uma fatia bem grossa de presunto (*ham steak*, em inglês), uns 2 minutos de cada lado.

CAFÉ: Dexter gosta de moer os grãos de café na hora para prepará-lo na cafeteira tipo *French Press*. Para fazer como ele, depois de moer os grãos, use uma colher de café moído para cada 200 ml de água quente.

OVO FRITO: Acrescente mais meia colher de manteiga à frigideira, ainda quente, e deixe derreter. Quebre um ovo numa tigelinha e, com cuidado, coloque-o na manteiga quente. Deixe fritar até que a clara esteja consistente e a gema, no ponto desejado. Tempere com sal e pimenta-do-reino e coma com umas gotinhas de pimenta Tabasco. E com o presunto, claro.

café da manhã | The office | The office | Greg Daniels, Ricky Gervais, Stephen Merchant | 2005-13

PÉ DE BACON

A ideia era até boa: despertar de manhã com o cheirinho de bacon frito. Isso se, em "The injury" (temporada 2, episódio 12), o gênio ao contrário Michael Scott (Steve Carell) não tivesse colocado o *grill* ao lado da cama e, claro, queimado o pé ao se levantar.

Mais um episódio excêntrico na vida do dramático ex-gerente da filial de Scranton da empresa de papel Dundler Mifflin, cenário da série *The office*.

SAIBA MAIS

Bacon é uma verdadeira obsessão dos americanos. E isso tudo por causa do umami, o quinto sabor, descoberto no século passado por um cientista japonês. Não é salgado, doce, amargo ou azedo, é umami mesmo, e significa "gosto saboroso e agradável". É um glutamato natural que potencializa determinados sabores. Além de estar no bacon, pode ser encontrado em outros alimentos curados, fermentados ou envelhecidos.

E TEM TAMBÉM

Na série *That '70s show*, Red Forman (Kurtwood Smith) é proibido pelo médico de comer bacon por conta do colesterol alto. Em "The kids are alright" (temporada 6, episódio 1), Eric (Topher Grace), sem compaixão pelo drama do pai, não deixa de comer seu baconzinho no café da manhã e ainda provoca: "Hummm... bacon!".

E TEM TAMBÉM

Em *O rei leão*, Timão e Pumba encenam um musical para despistar as hienas do mal. E Timão, *muy amigo*, canta para oferecer o toucinho do porco Pumba aos inimigos: "Quem quiser comer boa carne venha cá / Meu amigo Pumba é a melhor carne que há".

café da manhã | Minha mãe é uma sereia | Mermaids | Richard Benjamin | 1990

SANDUÍCHES ESTRELADOS

Rachel Flax (Cher) adora uma *finger food* – em bom português, comida para comer com as mãos, sem garfos, facas e afins. E foi assim que criou suas filhas, Charlotte (Winona Ryder) e Kate (Christina Ricci), à base de sanduíches, petiscos e canapés. Tudo muito extravagante e enfeitado, bem a cara da sra. Flax.

Uma vez, animada com um primeiro encontro, a certinha e religiosa Charlotte preparou sanduíches de pasta de amendoim para levar. Mas quase teve um ataque do coração quando viu que a mãe havia cortado os sanduíches no formato de estrelas. Só rezando muito mesmo para entender quem é a adulta e quem é a adolescente da relação.

E TEM TAMBÉM

Em *Encontro marcado*, Joe Black (Brad Pitt) é a morte em pessoa. Ele vem para este plano buscar o empresário William Parrish (Anthony Hopkins), mas acaba se apaixonando pela filha dele e por pasta de amendoim. Coisa de outro mundo.

RECEITA — SANDUÍCHE DE PASTA DE AMENDOIM
• PORÇÃO **para 1 pessoa** • TEMPO **30 minutos** • DIFICULDADE **fácil**

INGREDIENTES
- 1 xícara (chá) de amendoim torrado, sem casca
- 1 colher (sopa) de óleo de canola ou de soja
- ½ colher (chá) de sal
- 2 fatias de pão de forma
- 1 colher (sopa) rasa de manteiga sem sal

MODO DE PREPARO
Prepare uma pasta de amendoim caseira misturando o amendoim, o óleo e o sal no *mixer* até que se forme uma pasta cremosa. Esse processo pode demorar de 15 a 20 minutos para que se obtenha a consistência bem cremosa.

Ponha as duas fatias de pão de forma, com uma camada fina de manteiga, na torradeira para dar uma ligeira tostada. Retire e recheie com uma generosa camada de pasta de amendoim.

Ah! Se quiser deixar a manteiga de amendoim doce, acrescente açúcar a gosto na hora do processamento.

café da manhã

Como se fosse a primeira vez | 50 first dates | Peter Segal | 2004

WAFFLE NOSSO DE CADA DIA

Todo dia Lucy Withmore (Drew Barrymore) faz tudo sempre igual. Ela começa o dia com um café da manhã no mesmo lugar, onde sempre pede *waffles*.

Antes fosse só um hábito gastronômico matutino, mas a verdade é que Lucy tem perda de memória de curto prazo por conta de um acidente de carro que sofreu quando saiu para comprar um abacaxi.

Apaixonado, o biólogo marinho Henry Roth (Adam Sandler) faz de tudo para chamar a atenção da moça. E, claro, fazê-la lembrar, todos os dias, quem ele é. Coitado. Isso, sim, é um abacaxi daqueles.

E TEM TAMBÉM

Em *Feitiço do tempo*, Phil (Bill Murray) toma litros de café para esquecer que todo dia é o Dia da Marmota. Mas ele também resolve tirar proveito da paralisação do calendário para descobrir que o vermute doce, com muito gelo, é a bebida preferida de Rita (Andie MacDowell), finalmente conquistando-a.

RECEITA — WAFFLES

- PORÇÃO **4 unidades**
- TEMPO **10 minutos**
- DIFICULDADE **fácil**

INGREDIENTES

- 2 xícaras (chá) de farinha
- 3 colheres (chá) de fermento em pó
- ½ colher (chá) de sal
- 2 gemas
- 1 ¼ xícara (chá) de leite
- ½ xícara (chá) de manteiga derretida
- 2 claras em neve

MODO DE PREPARO

Junte a farinha com o fermento e o sal, peneire e reserve.

Misture as gemas, o leite e a manteiga e junte aos ingredientes secos. Misture bem e adicione as claras em neve delicadamente.

Coloque a massa na máquina de *waffle*, muito bem untada com manteiga, por 5 minutos.

café da manhã | Kramer vs. Kramer | Kramer vs. Kramer | Robert Benton | 1979

UM MALABARISTA NA COZINHA

Abandonado pela mulher, o publicitário Ted Kramer (Dustin Hoffman) teve de se virar sozinho nos cuidados com o filho pequeno Billy (Justin Henry). Isso ao mesmo tempo em que tentava cumprir as responsabilidades que ganhou com a promoção no trabalho.

O começo não foi nada fácil, e o primeiro café da manhã, uma tragicomédia. Dá para dizer que Ted estava perdido em sua própria cozinha. Não sabia onde ficavam as panelas, esqueceu de colocar leite na receita de *french toast*, colocou pó demais para fazer o café, babou o suco de laranja e ainda queimou a mão na frigideira.

Muito paciente, o menino passou as coordenadas ao pai e, com o tempo, naturalmente, tudo se ajeitou.

RECEITA: FRENCH TOAST

• PORÇÃO **4 unidades** • TEMPO **10 minutos** • DIFICULDADE **fácil**

INGREDIENTES
- 2 ovos
- 1 xícara (chá) de leite
- 1 colher (café) de essência de baunilha
- 1 pitada de sal
- 3 colheres (sopa) de açúcar mascavo
- 4 pães amanhecidos fatiados
- 4 colheres (sopa) de manteiga
- Açúcar de confeiteiro e canela para polvilhar

MODO DE PREPARO
Bata os ovos numa vasilha grande. Acrescente o leite, a essência de baunilha, o sal e o açúcar mascavo. Misture bem.

Pegue as fatias do pão e mergulhe-as na mistura de modo que fiquem bem molhadas.

Aqueça a manteiga numa panela e frite uma fatia de pão por vez. Vire para fritar o outro lado. Polvilhe açúcar de confeiteiro e canela antes de servir.

café da manhã | Rain Man | Rain Man | Barry Levinson | 1988

PANQUECA SAGRADA

Para Raymond Babbit (Dustin Hoffman), terça-feira é dia de comer panqueca com *maple syrup* (xarope de bordo) no café da manhã. E mais: "O *maple syrup* deve estar na mesa antes das panquecas". Porque se a garçonete levar a calda depois, será, definitivamente, tarde demais. É o que Ray explica para o irmão caçula, o *playboy* Charlie (Tom Cruise), quando os dois ainda estão se conhecendo, logo após a morte do pai deles.

Em tempo: nessa mesma cena, quando Ray – que é portador da síndrome de Savant – acerta o número exato de palitos de dente caídos no chão, Charlie começa a perceber que o irmão recém-descoberto não é o retardado que ele imaginava.

RECEITA: PANQUECA AMERICANA (PANCAKE)

• PORÇÃO **10 unidades** • TEMPO **15 minutos** • DIFICULDADE **fácil**

INGREDIENTES
- 1 ½ xícara (chá) de farinha
- 3 colheres (chá) de fermento em pó
- 1 pitada de sal
- 2 colheres (sopa) de açúcar
- 1 xícara (chá) de leite
- 1 ovo
- 3 colheres (sopa) de manteiga derretida

MODO DE PREPARO

Numa tigela, junte a farinha, o fermento, o sal e o açúcar.

Coloque o leite (se quiser panquecas mais finas, adicione mais ¼ de xícara de chá de leite) num recipiente junto com o ovo e a manteiga derretida. A seguir, misture bem os ingredientes líquidos com os secos. Mexa até que a mistura esteja toda incorporada.

Unte levemente uma frigideira grande e preaqueça-a em fogo médio. Despeje a massa na frigideira – aproximadamente uma xícara de café para cada panqueca.

Cozinhe até que bolhas se formem e a borda comece a secar. Vire a panqueca com uma espátula larga para dourar o outro lado. Sirva com mel, *maple syrup* ou geleia.

café da manhã | V de vingança | V for vendetta | James McTeigue | 2005

"NÃO SE ESQUEÇA DE USAR LUVAS PARA NÃO QUEIMAR AS MÃOS"

REVOLTA DA MANTEIGA

Em *V de vingança*, Evey Hammond (Natalie Portman) desobedeceu ao toque de recolher do governo totalitário do partido Fogo Nórdico e acabou sofrendo nas mãos nojentas da polícia secreta da época. Foi salva pelo revolucionário mascarado V (Hugo Weaving). Ele, mais do que ninguém, conhecia as armas do poder vigente no Reino Unido da década de 2020.

Certa manhã, em sua Galeria Sombria, vestido com um avental de florzinhas e ao som de *Garota de Ipanema*, ele preparou um pão com ovo *gourmet* para Evey. Faminta, ela comeu tudo e delirou com o gosto da manteiga, que não comia desde criança. O motivo? Naqueles tempos, o item era exclusividade da despensa do chanceler, e só estava ali na mesa porque havia sido interceptado por V a caminho da casa do governante.

Certinho. Onde já se viu restringir manteiga? Não pode. Tem que protestar.

E TEM TAMBÉM

Em *Feitiço da lua*, Rose Castorini (Olympia Dukakis) prepara um ovo na cesta para o café da manhã com a filha Loretta (Cher). No lugar do pão de forma, pão italiano. E pimentão vermelho para acompanhar.

RECEITA: OVO NA CESTA (EGG IN A BASKET)

- **PORÇÃO** para 1 pessoa
- **TEMPO** 5 minutos • **DIFICULDADE** fácil

INGREDIENTES
- 1 fatia de pão de forma
- Manteiga
- 1 ovo
- Sal e pimenta-do-reino a gosto

MODO DE PREPARO
Com a boca de um copo, faça um buraco no meio do pão. Passe manteiga nos dois lados.

Aqueça a frigideira (antiaderente, de preferência) com mais um pouco de manteiga. Coloque a fatia de pão e quebre o ovo dentro do buraco. Deixe fritar. Com o ovo ainda cru, coloque uma pitada de sal e de pimenta-do-reino. Quando o lado de baixo já estiver tostado, vire o pão com ovo. Adicione mais um pouco de manteiga.

O tempo na frigideira vai depender do ponto desejado para a gema. Quanto mais tempo, mais durinha.

Ah! Não desperdice o miolo do pão. Frite-o e coma-o também.

café da manhã | Rocky – Um lutador | Rocky | John G. Avildsen | 1976

DESJEJUM DE UM CAMPEÃO

Morador da periferia da Filadélfia, o boxeador Rocky Balboa (Sylvester Stallone) trabalhava como cobrador de um agiota e, assim, tirava uns trocados para sobreviver.

À espera de sua grande chance, acordava de madrugada para correr, sem se importar com o frio, e tomava um café da manhã para fortes: cinco ovos crus numa talagada só.

Determinado a vencer na vida, até num açougue o "Garanhão Italiano" enxergou uma nova possibilidade de treino. Numa visita ao trabalho do indelicado cunhado Paulie Pennino (Burt Young), que queria saber demais de sua vida amorosa com Adrian (Talia Shire), Rocky acabou socando a carne pendurada na câmara frigorífica. Pronto. As costelas do boi se foram, mas um mito começava a nascer.

DICA

A gemada pode ser uma boa alternativa para o ovo cru do café da manhã. Para servir duas pessoas, junte 2 gemas de ovo com 2 colheres de sopa de açúcar e algumas gotas de baunilha (ou 1 colher de sobremesa de vinho do porto) no copo do *mixer* e bata, em velocidade alta, até a mistura ficar bem pálida e cremosa.

E TEM TAMBÉM

Em *2 filhos de Francisco – A história de Zezé Di Camargo & Luciano*, seu Francisco (Ângelo Antônio) forçava os filhos cantores, ainda meninos, a comerem ovo cru. Ele dizia que isso fazia bem para a voz: "É o amooor...".

café da manhã

O Senhor dos Anéis: A Sociedade do Anel | The Lord of the Rings: The Fellowship of the Ring | Peter Jackson | 2001

PÃO PRA VIAGEM

Para destruir o anel precioso de Sauron (Sala Baker) e evitar que a Terra Média fosse dominada pelo mal, o hobbit Frodo Baggins (Elijah Wood) teve de escoltar a joia até Mordor.

Na bagagem, levou também alguns companheiros de aventura e suprimento para não morrer de fome. Afinal, os hobbits têm o hábito de fazer seis refeições ao dia: café da manhã, segundo café da manhã, onzehoras, chá, jantar e ceia. Durante a longa caminhada, o grupo se alimentou basicamente de lembas, o pão de viagem dos elfos.

"Uma pequena mordida basta para encher o estômago de um homem adulto", explicou Legolas Greenleaf (Orlando Bloom). Além de nutritiva, a especialidade élfica podia se manter fresca por dias e, por isso, foi um bom sustento para encarar neve, montanhas, florestas negras e todas as pedras no meio do caminho.

E TEM TAMBÉM

Em *O hobbit: Uma jornada inesperada*, Bilbo Baggings (Martin Freeman) recebe visitantes de surpresa para um jantar em sua casa: o mago Gandalf (Ian McKellen) e 13 anões comilões, bagunceiros e nada educados à mesa.

RECEITA LEMBAS

- PORÇÃO **20 unidades** • TEMPO **40 minutos** • DIFICULDADE **média**

INGREDIENTES
- 3 ovos
- 1 xícara (chá) de mel
- 1 colher (sopa) de casca de laranja ralada
- 2 colheres (sopa) de suco de laranja
- 100 g de amêndoas escaldadas
- 2 ¼ xícaras (chá) de farinha de semolina
- ¼ xícara (chá) de manteiga
- 1 colher (chá) de fermento em pó
- ½ colher (sopa) de sal
- Folhas de couve

MODO DE PREPARO

Coloque os ovos, o mel, a casca e o suco da laranja e as amêndoas no processador. Bata por 3 minutos. Adicione 1 xícara de farinha, já misturada com a manteiga, e processe por mais 1 minuto. Coloque tudo em um recipiente e acrescente o resto da farinha, o fermento e o sal. Mexa até ficar homogêneo. Asse, em pedaços, até ficar levemente marrom.

Mergulhe as folhas de couve em água fervente, deixe secar e use para embrulhar os pedaços de pão.

café da manhã

Melhor é impossível | *As good as it gets* | James L. Brooks | 1997

MESA RESERVADA

O escritor Melvin Udall (Jack Nicholson) precisou se apaixonar pela garçonete Carol Connelly (Helen Hunt) para aprender a ser uma pessoa melhor. Até então, tudo o que ele sabia era ser grosseiro, sarcástico e cheio de não-me-toques.

Melvin tomava café da manhã diariamente no restaurante em que a amada trabalhava e queria ser atendido só por ela. Além disso, tinha de se sentar sempre no mesmo lugar – se fosse o caso, sem pudor, expulsava outros comensais da mesa –, pedia sempre a mesma coisa e levava talheres descartáveis.

Um dia, ouviu um conselho de Carol: "Tente usar o garfo e a faca dos outros como parte do barato de comer fora". Ali, na hora, nada mudou. O processo foi lento, mas ele acabou aprendendo a ser gente.

SAIBA MAIS

Segundo Rebecca Spang, autora do livro **A invenção do restaurante**, o primeiro estabelecimento com essa denominação surgiu entre 1760 e 1770 para atender às pessoas que "padeciam de doenças crônicas e do sabor de molhos insípidos". Restaurante, então, não era um espaço social, e, sim, um caldo concentrado restaurativo, preparado à base de uma variedade de carnes. Com o tempo, outros significados foram atribuídos a esse novo jeito de comer, até o restaurante se transformar no que é hoje.

café da manhã | Os suspeitos | The usual suspects | Bryan Singer | 1995

TEM CAFÉ NO BULE

Em depoimento à polícia sobre uma explosão no cais de Los Angeles, o ladrão Roger "Verbal" Kint (Kevin Spacey) teve de explicar como havia conseguido sair ileso, e o que estava por trás daquilo tudo.

Contou uma história complexa, envolvendo quatro outros suspeitos – todos mortos no massacre no porto –, um certo advogado Kobayashi e o húngaro Keyser Soze, apontado como o mandante do crime.

Falou também sobre a época em que colhia feijão na Guatemala e fazia um ótimo café fresco, que tirava diretamente do pé. Uma provocação à bebida horrível que lhe serviram na delegacia, coincidentemente, numa caneca de porcelana de marca Kobayashi. E foi essa a louça que o delegado deixou espatifar no chão ao se dar conta, depois de ter liberado o interrogado como inocente, de que todo o relato não passou de uma invenção.

Verbal – ou melhor, Keyser Soze – tinha razão: "A maior proeza que o diabo conseguiu foi convencer o mundo de que ele não existe".

DICA

Para o café coado de todo dia, baristas ensinam que não se pode deixar a água – filtrada, de preferência – ferver. O fogo deve ser apagado quando começarem a aparecer as bolhinhas, antes de atingir o ponto de fervura. Se passar do ponto, a água pode interferir no gosto da bebida. O pó deve ser colocado no coador sem apertar, para preservar o máximo de suas propriedades. Se for adoçar, só na xícara, na hora de servir. De qualquer forma, é melhor tomar puro. Bons grãos já são naturalmente adoçados.

almoço

almoço | Seinfeld | Seinfeld | Jerry Seinfeld e Larry David | 1990-98

NADA DE SOPA PARA VOCÊ!

Em "The Soup Nazi" (temporada 7, episódio 6), Kramer (Michael Richards) descobriu a melhor sopa de Nova York, servida por um argentino temperamental, que não admitia que nenhum cliente fizesse firula na fila. Acabou ganhando o apelido de "nazista da sopa".

Jerry (Jerry Seinfeld), que já era fã da sopa, sugeriu a George (Jason Alexander) e Elaine (Julia Louis-Dreyfus) que fossem lá na hora do almoço. Achou por bem alertar: "Pague, diga claramente a sopa que quer e vá para a esquerda. É importante não embelezar o seu pedido. Nada de comentários, perguntas ou elogios".

Claro que eles fizeram tudo errado e acabaram irritando o dono do estabelecimento – "Nada de sopa para você!". Mas como todo episódio da série termina com uma reviravolta, Elaine acabou encontrando, por descuido do sopeiro, as receitas no fundo de uma gaveta: cogumelo selvagem, *bisque*, *Malagatani*, *Jambalaya*... estavam todas lá. *Adiós*, nazista da sopa.

RECEITA: BISQUE

- PORÇÃO **para 6 pessoas**
- TEMPO **1 hora e 30 minutos**
- DIFICULDADE **média**

INGREDIENTES
- 1 kg de camarão médio
- 150 g de manteiga
- 225 g de *mirepoix* (50% de cebola, 25% de cenoura e 25% de salsão cortados do mesmo tamanho)
- 1,4 l de água
- 315 g de extrato de tomate
- 1 *bouquet garni* (salsa, salsão, erva-doce, tomilho e louro, tudo amarrado com barbante dentro de uma folha de alho-poró)
- 70 g de farinha
- 15 ml de conhaque
- 1 colher (café) de páprica doce
- ¼ de colher (café) de pimenta-de-caiena
- 200 g de creme de leite

MODO DE PREPARO

Limpe os camarões. Reserve a carne, as cascas e as cabeças.

Aqueça metade da manteiga em fogo médio, adicione as cascas e as cabeças e cozinhe, mexendo de vez em quando, por 10 minutos. Adicione o *mirepoix* e cozinhe por mais 5 minutos. Coloque a água, o extrato de tomate e o *bouquet garni* e deixe levantar fervura. Abaixe o fogo e cozinhe por 25 minutos. Peneire e reserve o caldo.

Em outra panela, derreta o resto da manteiga e doure a farinha. Aos poucos, junte o conhaque e o caldo, mexendo sempre para não empelotar. Tempere com páprica e pimenta, abaixe o fogo e cozinhe por mais 5 minutos, sem parar de mexer.

Peneire novamente e leve ao fogo. Acrescente o creme de leite e a carne de camarão, e cozinhe mais um pouco.

uma série sobre o nada... e comida

Em "The implant" (temporada 4, episódio 19), George foi ao velório da tia da namorada e levou uma bronca do cunhado, que achou um absurdo ele "chuchar" duas vezes no molho o mesmo pedaço de comida. "Você 'chuchou', deu uma mordida e 'chuchou' novamente", disse Timmy (Kieran Mulroney). George não viu nada demais no ato e fez de novo – por pura provocação. Resultado: os dois saíram na mão, e George, claro, voltou solteiro para casa.

Em "The non-fat yogurt" (temporada 5, episódio 7), Kramer investiu em uma loja de iogurtes sem gordura e todo mundo se apaixonou pelo produto. O problema é que Jerry e Elaine perceberam que, ao contrário do prometido, a guloseima era engordativa, sim – e levaram uma amostra para ser analisada no laboratório. Kramer, com medo de perder dinheiro, até tentou falsificar o resultado do exame. Mas não teve jeito: a farsa foi revelada e o negócio degringolou.

Em "The calzone" (temporada 7, episódio 19), o chefe de George deu uma mordida no *calzone* de berinjela que ele estava comendo e decidiu que queria almoçar isso todo dia. Sobrou para George providenciar a refeição para Steinbrenner (Lee Bear/Larry David). E ele conseguiu estragar tudo, fazendo com que o dono da loja achasse que ele estava roubando a gorjeta dos funcionários. Expulso, ainda tentou tapear o chefe comprando *calzone* genérico em outro lugar.

Em "The muffin tops" (temporada 8, episódio 21), o ex-chefe de Elaine roubou sua ideia e abriu uma loja para vender só a parte de cima dos *muffins*. Mas o negócio não vingou, e ele teve de pedir ajuda a ela – em troca de 30% nos lucros, claro. A explicação de Elaine? Não adiantava produzir só o topo do bolinho. Tinha que fazer o *muffin* inteiro e se livrar do miolo antes de vender. Para o "trabalho sujo", chamaram Newman (Wayne Knight), que comeu a sobra toda com leite.

almoço | Harry & Sally - Feitos um para o outro | When Harry met Sally | Rob Reiner | 1989

RECEITA

SANDUÍCHE DE PASTRAMI

- PORÇÃO **para 1 pessoa**
- TEMPO **15 minutos**
- DIFICULDADE **fácil**

INGREDIENTES

COLESLAW
- 1 cenoura pequena
- ½ repolho branco
- ½ repolho roxo
- 1 xícara (chá) de creme de leite
- 1 colher (chá) de suco de limão
- 4 colheres (sopa) de maionese
- 3 colheres (chá) de açúcar
- 2 colheres (chá) de mostarda de Dijon
- Sal e pimenta-do-reino a gosto

SANDUÍCHE
- 2 colheres (sopa) de mostarda de Dijon
- 2 fatias grossas de pão de centeio
- 200 g de pastrami
- 3 picles de pepino
- 3 colheres (sopa) de *coleslaw*

MODO DE PREPARO

COLESLAW
Passe todos os vegetais no ralador médio e reserve.
 Numa tigela, bata o creme de leite com o suco de limão até que fique mais consistente, mas ainda líquido.
 Em outra vasilha, misture a maionese, o açúcar e a mostarda de Dijon com os vegetais e, depois, acrescente o creme de leite batido. Tempere com sal e pimenta-do-reino e leve à geladeira.

SANDUÍCHE
Passe a mostarda em uma das fatias do pão de centeio. Sobre a outra fatia, coloque o pastrami e o picles. Feche o sanduíche e acompanhe com a *coleslaw*.

MORDIDA PREMIADA

Harry Burns (Billy Crystal) dizia que Sally Albright (Meg Ryan) era o tipo de mulher que dava trabalho. Só porque ela demorava uma hora e meia para pedir um sanduíche e tinha mania de mudar tudo no prato que escolhia no cardápio. Gostava das coisas do jeito dela, especialmente do molho à parte.

 Um dia, num almoço no restaurante Katz's Delicatessen – famoso em Nova York por seu sanduíche de pastrami –, os dois tiveram uma discussão sobre sexo. Então, Harry, certo de que havia satisfeito todas as mulheres da sua vida, teve de passar pelo constrangimento de saber ali, ao vivo, que isso podia não ser verdade.

 Sally deixou sua comida de lado e começou a fingir um orgasmo à mesa. Todo mundo parou para olhar. E uma senhora não hesitou: "Quero o que ela está comendo".

almoço | Clube dos cinco | The breakfast club | John Hughes | 1985

CARDÁPIO VARIADO

Cinco adolescentes com absolutamente nada em comum passam um sábado inteiro juntos na escola. O motivo: todos de castigo por coisas que aprontaram separadamente. A punição: uma redação sobre eles mesmos.

Na hora do almoço, param para comer. O atleta Andrew (Emilio Estevez) leva um saco de batatas fritas, biscoitos de chocolate, três sanduíches, leite, uma banana e uma maçã; o nerd Brian (Anthony Michael Hall) prefere sopa, sanduíche com manteiga de amendoim e geleia e suco de maçã; a neurótica Allison (Ally Sheedy) come um sanduíche com cereais Pixie Stix e Cap'n Crunch; a princesa Claire (Molly Ringwald) inova com sushi; e o marginal John (Judd Nelson) não leva nada.

Se é verdade que se é o que se come, não precisaria ter pedido para fazer redação nenhuma. Uma xeretada na lancheira dos alunos bastaria.

SAIBA MAIS

A máxima "você é o que você come" é uma referência à afirmação "dize-me o que comes e te direi quem és", de 1825, do célebre gastrônomo francês Jean Anthelme Brillat-Savarin. Em seu livro *A fisiologia do gosto*, um clássico da literatura sobre gastronomia, ele fala da relação do homem com a comida no mundo moderno.

almoço | Anos incríveis | The wonder years | Carol Black, Neal Marlens | 1988-93

AMOR, VAGEM E OUTROS DRAMAS

Kevin Arnold (Fred Savage) conhecia bem o cheiro do almoço da escola: "uma estranha combinação de bandejas úmidas, pratos e talheres mornos e vagens pálidas". Para comer, ele recebia alguma coisa não identificável de um cara que usava uma redinha na cabeça. Mas a verdade é que a refeição ali tinha muito pouco a ver com comida.

Em "Histórias de almoço" (temporada 5, episódio 18), Kevin ficou em dúvida entre dar uma volta em zona proibida ou acompanhar o amor de sua vida, Winnie Cooper (Danica McKellar), para doarem sangue juntos. Paul Pfeiffer (Josh Saviano) deixou cair molho de tomate na calça antes de um debate importante. E Chuck Coleman (Andy Berman) se enrolou para convidar uma gata para sair, deixando todos compadecidos. Que dó, que dó!

Bem disse o narrador: "Claro, talvez todos aqueles dramas encenados durante o almoço não fossem, no final das contas, dramas de verdade. Embora, olhando para trás, eles realmente parecessem ser".

Definição de almoço, por Kevin Arnold

Almoço: lugar onde os romances floresciam, morriam e ressurgiam, como os restos de atum da semana passada.

DICA Aqui vai uma dica para não deixar a vagem pálida. Depois de cozinhá-la em água fervente por 2 a 3 minutos, mergulhe-a numa vasilha com água gelada e gelo, para dar um choque térmico. Isso vai fazer com que a cocção seja interrompida, garantindo que o vegetal fique cozido, porém crocante. Esse processo é chamado branqueamento, ideal para fixar a cor e o sabor dos vegetais em geral.

almoço | Meu primeiro amor | My girl | Howard Zieff | 1991

Ode ao sorvete, por Vada Sultenfuss
Eu gosto de sorvete realmente, principalmente quando o dia está quente. Na casquinha ou no copinho, é o que eu peço pro paizinho. De baunilha, chocolate ou crocante, com torta ou refrigerante.

MENINA AGRIDOCE

Em 4 de julho de 1972, aniversário da independência dos Estados Unidos, teve churrasco na casa de Vada Sultenfuss (Anna Chlumsky) – com cantoria do hino nacional, hambúrgueres queimados, salada de batata da madrasta e briga do pai com um bicão.

    Vada era uma menina hipocondríaca e voluntariosa. Jurava ter um osso de galinha alojado na goela havia anos e só se interessava por pessoas intelectualmente estimulantes. Por isso, quando o melhor amigo Thomas J. (Macaulay Culkin) sugeriu que fossem colher pêssegos, preferiu ir para casa ler *Guerra e paz*, de Leon Tolstói. Queria impressionar o professor de redação criativa, por quem se dizia apaixonada.

    Mas dor de amor ela sentiu com a perda de Thomas, que, alérgico a tudo, morreu depois de ser atacado por um enxame de abelhas. Com o tempo, Vada ficou bem. Sabia que, no céu, ele comeria *marshmallow* todo dia.

RECEITA SALADA DE BATATA

- PORÇÃO **para 2 pessoas** • TEMPO **15 minutos**
- DIFICULDADE **fácil**

INGREDIENTES
- 2 batatas cozidas em cubos pequenos
- ½ maçã verde cortada em cubos pequenos
- ¼ de maço de salsão cortado em cubos pequenos
- 1 colher (sopa) de maionese
- 5 gotas de suco de limão
- Sal e pimenta-do-reino a gosto
- 1 colher (sopa) de salsinha picada

MODO DE PREPARO
Numa tigela, coloque todos os ingredientes e misture bem. Decore com salsinha.

almoço — Patch Adams – O amor é contagioso {Patch Adams} Tom Shadyac | 1998

SOMBRA, ÁGUA FRESCA E MACARRÃO

Quando era pequena, Aggie (Ellen Albertini Dow) sempre pedia à mãe para deixá-la apertar o espaguete dentro da panela. Gostava tanto daquela sensação que seu grande sonho era nadar numa piscina cheia de macarrão.

Já velhinha, doente e internada, contou isso para Hunter "Patch" Adams (Robin Williams), um estudante de medicina que acreditava que, mais do que tratar um mal, os médicos deveriam cuidar das pessoas. E, principalmente, escutá-las.

Foi por isso que ele fez um enorme tanque de massa (sem molho!), só para ela, no jardim do hospital. Aggie mergulhou, dançou, se emocionou e, finalmente, teve seu desejo de menina realizado.

DICA

Para não ficar muito mole, o macarrão deve ser colocado na panela só quando a água estiver fervendo. Pode caprichar na quantidade de água – o ideal é colocar 1 litro para cada 100 g de massa – e não se esqueça do sal, que acentua o sabor do prato. Não há necessidade de adicionar óleo ou azeite. Sobre o tempo de cozimento, o mais indicado é seguir a orientação da embalagem, que varia de acordo com o tipo e a marca do macarrão.

almoço | Comer, rezar, amar | Eat, pray, love | Ryan Murphy | 2010

Liz & pizza

PIZZA, SUA LINDA

Recém-separada e confusa sobre o que fazer da vida, a escritora americana Liz Gilbert (Julia Roberts) decidiu passar uma temporada num lugar onde pudesse se maravilhar com alguma coisa. Escolheu a Itália, e fez muito bem. Encantou-se com o idioma, com o *dolce far niente* e, claro, com todas as delícias da cozinha italiana.

Bebeu *cappuccino*, comeu *napoleón*, tomou *gelato*, se esbaldou com macarrão e teve o vinho como terapeuta o tempo todo. "Eu não tenho interesse em ser obesa, só quero acabar com a culpa", era a justificativa.

Em Nápoles, conheceu a verdadeira pizza Margherita, e se apaixonou. Isso, sim, virou um relacionamento sério.

E TEM TAMBÉM

Em **Sob o sol da Toscana**, outra escritora americana recém-separada, Frances (Diane Lane), viaja para a Itália, se apaixona pelo lugar e acaba comprando uma *villa* por lá. Com a ajuda de São Lourenço, santo padroeiro dos cozinheiros, ela começa a cozinhar para seus novos amigos e volta a ficar feliz. Segundo consta, o santo morreu queimado numa grelha e, ao sentir o cheiro de sua carne assando, teria dito ao carrasco: "Este lado já está bom. Pode virar".

SAIBA MAIS

A pizzaria mais antiga do mundo, aberta em 1870, fica em Nápoles. E é essa que aparece no filme *Comer, rezar, amar*, a Pizzeria da Michele. O lugar é simples, com mesas coletivas, pratos e talheres descartáveis e, atenção, só dois sabores de pizza. Tem a Margherita, com molho de tomate, *mozzarela* e manjericão, e a Marinara, com molho de tomate, alho e orégano. *Punto e basta*.

almoço | Casamento grego | My big fat greek wedding | Joel Zwick | 2002

RECEITA DE FAMÍLIA

A família Portokalos se mudou para os Estados Unidos, mas a Grécia nunca saiu deles. Os costumes gastronômicos permaneceram sagrados.

É por isso que Toula (Nia Vardalos), quando criança, não escapava de levar um naco de *moussaka* para o lanche da escola. Acabava sofrendo *bullying* dos coleguinhas, que preferiam sanduíche. Coitada.

Mas Toula cresceu e se apaixonou por um americano. Difícil foi explicar em casa que o noivo não comia carne. E olha que a tia bem que tentou encontrar uma alternativa: "Ah, tudo bem. Eu faço um cordeiro".

RECEITA MOUSSAKA

• PORÇÃO **para 4 pessoas** • TEMPO **1 hora e 30 minutos** • DIFICULDADE **média**

INGREDIENTES
- 250 g de berinjela
- Azeite de oliva
- 150 g de carne de carneiro
- 50 g de cebola picada
- 1 dente de alho picado
- 150 g de tomate picado
- Páprica, canela em pó, pimenta-do-reino e sal
- Salsinha picada
- 200 ml de iogurte natural
- 2 ovos
- 50 ml de leite
- 50 g de queijo feta ralado

MODO DE PREPARO
Corte as berinjelas com casca em fatias de 0,5 cm e tempere com sal e azeite. Passe em uma chapa quente, só para amolecer.

Pique a carne de carneiro bem miúda, quase moída. Sue a cebola com o alho, acrescente a carne e refogue. Junte o tomate, as especiarias e a salsinha e cozinhe por 30 minutos.

Bata o iogurte até ficar liso e acrescente, aos poucos, os ovos e o leite. Junte o queijo feta.

Arrume em camadas as berinjelas, a carne e o creme. Asse em forno preaquecido a 200 °C até dourar. Deixe em repouso para firmar.

almoço | Touro indomável | Raging bull | Martin Scorsese | 1980

BIFÃO DO CAMPEÃO

Em *Touro indomável*, o boxeador Jake La Motta (Robert De Niro) virou a mesa, cheia de louça e comida, porque a esposa não deixou o *steak* malpassado como ele queria. Ele se irritou, e ela ficou louca – só faltou jogar o bife em cima dele.

Os episódios domésticos são bons exemplos da raiva e total falta de controle do touro do Bronx. Casado pela segunda vez, mudou de esposa, mas não de hábito – a grosseria, no caso. A coitada queria pedir um pedaço de bolo, mas ele encrencou. Mandou-a comer um cheesebúrguer.

Nocauteado pela própria neurose, pendurou as luvas e abriu um bar.

E TEM TAMBÉM

Em **O auto da Compadecida**, João Grilo (Matheus Nachtergaele) reclama que tem cachorro que é mais bem tratado que gente. "É bife passado na manteiga pra cachorra e fome pra João Grilo. É demais!", lamenta-se.

Tem quem goste de sangue, mas, segundo especialistas, o bife ideal é aquele que fica ao ponto – dourado por fora e rosado por dentro. Isso acontece quando o meio da carne atinge 70 °C. Mas para deixar o bife suculento é preciso fazer primeiro a selagem. Ou seja, blindar a parte externa da carne a 100 °C numa frigideira bem grossa para impedir a saída dos sucos. Deixe poucos segundos de cada lado, mas não use o garfo para virar o bife porque, se a carne furar, o suco vai escapar. Depois, baixe o fogo e grelhe por mais uns 3 minutos de cada lado.

almoço | *Adeus, Lenin!* | *Good bye, Lenin!* | *Wolfgang Becker* | 2003

PEPINO PÓS-GUERRA

Em razão dos oito meses que passou em coma, a mãe de Alex Kerner (Daniel Brühl) perdeu a derrubada do muro de Berlim. Socialista de carteirinha, ela havia sofrido um baque exatamente ao ver o filho ser preso numa manifestação contra o sistema vigente.

Com a mãe de volta do sono profundo, e ainda confusa, Alex ouviu do médico que ela deveria evitar fortes emoções. Por isso, foi preciso esconder que a filha Ariane (Maria Simon) tinha trocado os estudos de teoria econômica por um emprego no Burger King. E que sua conserva preferida – os pepinos de Spreewood – não existiam mais nos supermercados da região.

Alex foi muito engenhoso em procurar (até no lixo) vidros antigos do produto e substituir o conteúdo por pepinos holandeses. O capitalismo triunfou. Viva a globalização!

RECEITA

CONSERVA CASEIRA DE PEPINOS
- PORÇÃO **1 vidro grande** • TEMPO **15 minutos** • DIFICULDADE **fácil**

INGREDIENTES
- 1,2 l de água
- 125 g de sal
- 300 ml de vinagre de maçã
- 20 a 25 unidades de minipepinos
- ½ maço de endro com semente

MODO DE PREPARO

Junte a água, o sal e o vinagre numa panela. Deixe ferver e espere esfriar por 10 minutos.

Coloque os pepinos e o endro em um vidro esterelizado, cobrindo-os com a água avinagrada. Feche o vidro, para que fique bem vedado, e deixe-o esfriar de ponta-cabeça.

O ideal é guardar por até dois meses antes de consumir.

almoço | Ladrão de casaca } To catch a thief } Alfred Hitchcock | 1955

MELIANTE GOURMET

Anos de crime renderam bastante dinheiro para o ex-ladrão de joias John "Gato" Robie (Cary Grant) aprender a viver bem. Certa vez, num almoço em sua linda casa na Riviera Francesa, surpreendeu seu convidado com uma deliciosa quiche *lorraine* – com massa leve e recheio suave. Obra das "mãos sensíveis" da governanta.

Suspeito de ter voltado à ativa, passou o filme tentando pegar o gaiato que imitava seu *modus operandi*. Pelo menos, tinha sempre por perto a bela Frances Stevens (Grace Kelly).

Num piquenique com a moça, precisou escolher: "Você quer coxa ou peito?". A pergunta de duplo sentido fez com que ele sorrisse. Mas ela falava do frango, claro. *C'est la vie.*

RECEITA — QUICHE LORRAINE
• PORÇÃO **para 4 pessoas** • TEMPO **2 horas** • DIFICULDADE **média**

INGREDIENTES

MASSA
- 275 g de farinha
- Sal a gosto
- 1 ovo
- 130 g de manteiga gelada
- 2 colheres (sopa) de água

RECHEIO
- 80 g de bacon
- 80 g de presunto em cubos
- 100 g de champinhom em lâminas
- 4 ovos
- 250 ml de leite
- 250 g de creme de leite fresco
- Sal, pimenta-do-reino e noz-moscada
- 80 g de queijo *gruyère*

MODO DE PREPARO

MASSA
Peneire a farinha com o sal e faça um "vulcãozinho" na bancada. No centro, coloque o ovo, a manteiga e a água. Amasse tudo até juntar, sem sovar. Deixe a massa descansar coberta com um pano ou filme plástico por 30 minutos.

Preaqueça o forno a 200 °C. Abra a massa, coloque-a na forma de fundo removível para quiches e espere mais 20 minutos. Depois, pincele a massa com gema e água para vedar e não atrapalhar a crocância com o recheio, e leve-a para assar por 10 minutos.

RECHEIO
Frite o bacon e, nessa gordura, salteie o presunto e o champinhom. Reserve. Numa vasilha, misture os ovos, o leite, o creme de leite, o sal, a pimenta-do-reino e a noz-moscada. Reserve.

Depois da massa pré-assada, separe um pouco do *gruyère*, junte o resto com o bacon, o presunto, o champinhom e a mistura de leite e ovos e espalhe sobre a massa. Salpique o resto do *gruyère* sobre a quiche e asse-a a 200 °C de 35 a 40 minutos.

almoço | Tempos modernos | Modern times | Charles Chaplin | 1936

ADEUS, MARMITA

Na década de 1930, com as indústrias a todo vapor, os patrões estavam empenhados em aumentar a produtividade e reduzir o tempo ocioso nas fábricas.

Foi então que surgiu a incrível e revolucionária Máquina Alimentadora Bellows, "um artefato prático para alimentar os empregados enquanto eles trabalhavam". Afinal, "por que parar para almoçar?".

O operário (Charles Chaplin) foi a cobaia na demonstração da engenhoca. De sopeira automatizada, que soprava o caldo para esfriar – sem gastar energia –, a um garfo empurrador de comida, a máquina tinha tudo para manter livres as mãos do trabalhador para que a produção não parasse. Ainda bem que a invenção não vingou. A qualidade de vida agradece.

SAIBA MAIS — O fenômeno do *fast-food* aconteceu na década de 1940, quando os donos de restaurante quiseram tirar proveito da popularidade dos carros e criaram os *drive-ins*. Em 1948, cansados desse modelo, pouco ágil e sem padrão, os irmãos McDonald decidiram transformar seu negócio. Dispensaram o cozinheiro, definiram uma linha de montagem e atribuíram uma só tarefa para cada funcionário. A ideia, inspirada no conceito que Henry Ford desenvolveu para a sua fábrica de automóveis, acabou virando a base de todas as redes de *fast-food*.

almoço | Portlândia | Portlandia | Fred Armisen, Carrie Brownstein, Jonathan Krisel | 2011-

ONDE VIVEM OS FRANGOS

Em "Farm" (temporada 1, episódio 1), Peter (Fred Armisen) e Nance (Carrie Brownstein) saem para almoçar no restaurante The Gilt Club.

Preocupados com o que vão comer, sabatinam a garçonete sobre a origem do frango. Bem informada e serena, a moça diz que servem apenas ave local, *free-range* (criada livre, com poucos períodos de confinamento), patrimônio da raça, alimentada à base de leite de ovelha, soja e avelãs.

Não satisfeitos, mesmo após a apresentação dos documentos e foto do bicho – "O nome dele era Colin" –, o casal decide conhecer a fazenda onde ele viveu, a cinquenta quilômetros dali.

Antes de fazer o pedido, os dois só queriam ter a certeza de que o frango teve amigos e foi feliz.

SAIBA MAIS

Alimentos orgânicos são mais caros do que os convencionais? Sim. São difíceis de encontrar nos supermercados? Verdade. Mas não desista deles. Animais confinados ficam doentes e contaminam o resto da criação. Já a carne orgânica é produzida de maneira mais natural, com os bichos criados à vontade, felizes, sem antiobióticos e com uma dieta à base de grãos e hortaliças orgânicos. Os vegetais, por sua vez, são plantados sem agrotóxicos, adubos químicos sintéticos e sementes transgênicas. Muito melhor para a natureza e para quem come. Pode apostar.

cozinheiro amador

cozinheiro amador

Noivo neurótico, noiva nervosa | *Annie Hall* | Woody Allen | 1977

A FUGA DAS LAGOSTAS

Primeiro foi um convite para tomar um vinho. Depois, um sanduíche de carne para ele e um de pastrami para ela. Teve também o almoço de Páscoa com a vovó Hall.

Mas a cena mais gastronômica de *Noivo neurótico, noiva nervosa* é a das lagostas. Alvy Singer (Woody Allen) quer chamar a polícia enquanto Annie Hall (Diane Keaton) tenta pegar as bichinhas que correm pela cozinha para colocá-las na panela com água fervente. Os crustáceos, com amor à vida, se escondem até atrás da geladeira.

A situação rende um ensaio fotográfico que a corajosa Annie faz do medroso Alvy e as lagostas.

DICA

É mais fácil tirar a carne de uma lagosta parcialmente cozida do que de uma lagosta totalmente cozida. Quando crua, a carne da lagosta adere firmemente à casca, por isso, é muito fácil rasgar ao tentar retirá-la. Isso não significa que a lagosta deva estar supercozida. Tudo o que é preciso fazer para deixar a carne firme o bastante para ser retirada da casca é escaldá-la levemente no vapor, em água fervente, ou no forno quente.

E TEM TAMBÉM

Em *Náufrago*, para sobreviver numa ilha deserta, o executivo da FedEx, Chuck Noland (Tom Hanks), pega um caranguejo vivo com sua lança improvisada, arranca a pata do bicho, estranha, mas é o que tem para comer. De volta à terra firme, é recebido numa festa com uma mesa cheia de frutos do mar. Que ironia. Tinha até um acendedor de fogo, coisa tão difícil de conseguir na praia.

cozinheiro amador | Julie & Julia | Julie & Julia | Nora Ephron | 2009

QUERO SER JULIA CHILD

CLÁSSICO DA GASTRONOMIA

O *boeuf bourguignon* de Julia Child (Meryl Streep) sempre esteve na memória afetiva de Julie Powell (Amy Adams). Ela se lembrava bem de sua mãe preparando esse clássico da cozinha francesa em um jantar para o chefe de seu pai. Para uma menina de oito anos, aquela cena era mágica, e Julia Child, uma espécie de fada, que, de longe, zelava para que tudo desse certo.

Anos depois, à procura de um projeto para chamar de seu, Julie encontrou no livro *Mastering the art of french cooking* o que tanto procurava. Afinal, não fosse o *best-seller* de Julia – que aprendeu a cozinhar na escola de culinária Le Cordon Bleu, na França, e virou referência ao voltar aos Estados Unidos –, Julie não teria realizado seu autodesafio de executar 524 receitas em 365 dias. E também não teria aprendido a preparar a receita que fez parte da sua infância.

RECEITA

BOEUF BOURGUIGNON

- PORÇÃO **para 4 pessoas**
- TEMPO **1 hora e 30 minutos** • DIFICULDADE **média**

INGREDIENTES

- 150 g de bacon em cubos
- 15 ml de óleo de soja
- 600 g de alcatra ou músculo em cubos
- 1 cebola em cubos grandes
- 2 cenouras em cubos grandes
- 30 g de farinha
- 380 ml de vinho tinto seco
- 3 dentes de alho amassados
- 1 *bouquet garni* (salsa, salsão, erva-doce, tomilho e louro, tudo amarrado com barbante dentro de uma folha de alho-poró)
- 400 ml de caldo de carne
- 150 g de champinhons frescos
- 130 g de cebolinhas pérola
- Salsinha, cebolinha, sal (refinado e grosso) e pimenta-do-reino a gosto

MODO DE PREPARO

Coloque o bacon em água fervente por 1 minuto para retirar o excesso de gordura. Frite até ficar douradinho e reserve.

Na gordura do bacon, frite a carne temperada com o sal e a pimenta-do-reino, junte a cebola picada e as cenouras. Deixe suar um pouco e retire o excesso de gordura.

Polvilhe a farinha sobre a carne, doure, despeje o vinho tinto e deixe reduzir o molho. Junte o alho e o *bouquet garni*, que deve ter o barbante amarrado na alça da panela para depois ser retirado. Tempere com sal grosso e pimenta-do-reino a gosto.

Junte o caldo de carne, os champinhons e as cebolinhas inteiras.

Deixe ferver, depois tampe a panela e cozinhe em forno baixo (120 °C), lentamente. Se precisar, junte mais caldo. Quando a carne estiver macia, retire e faça a montagem colocando o bacon frito, a salsinha e a cebolinha finamente picados por cima.

Pode ser servido com arroz branco ou purê de batatas.

cozinheiro amador

Donnie Brasco | *Donnie Brasco* | *Mike Newell* | 1997

GALO DE BRIGA

Como todo bom mafioso italiano, Benjamin "Lefty" Ruggiero (Al Pacino) não decepciona na cozinha. Na noite de Natal, é ele quem prepara o jantar. Curiosamente, um clássico francês, o *coq au vin* ("galo ao vinho", em português).

Cheio de si, Lefty pilota o fogão sob o olhar atento de seu pupilo, Donnie Brasco (Johnny Depp), que chega a questioná-lo sobre uma parte da receita. O novato não entende se o cozinheiro diz patada (*punch*) ou pitada (*pinch*) de sal. Enquanto isso, a sra. Ruggiero, mera coadjuvante, só serve para abanar o fogo que sobe da panela.

RECEITA

COQ AU VIN

- PORÇÃO **para 6 pessoas**
- TEMPO **2 horas**
- DIFICULDADE **média**

INGREDIENTES
- 50 g de manteiga e mais 1 colher (sopa) de manteiga
- 100 g de bacon picado
- 1 dente de alho picado
- 24 cebolinhas pérola
- 1,5 kg de frango em pedaços
- Sal e pimenta-do-reino a gosto
- 300 ml de xerez
- 500 ml de vinho tinto
- 1 l de caldo de frango (caseiro, de preferência)
- 24 champinhons frescos
- 1 *bouquet garni* (salsa, salsão, erva-doce, tomilho e louro, tudo amarrado com barbante dentro de uma folha de alho-poró)
- 1 colher (sopa) de farinha

MODO DE PREPARO
Numa panela, derreta a manteiga, junte o bacon, o alho e as cebolinhas e doure. Acrescente os pedaços de frango, o sal e a pimenta-do-reino para dourar. Junte o xerez, o vinho, ferva por 5 minutos e adicione o caldo, os cogumelos e o *bouquet garni*. Abaixe o fogo e cozinhe por cerca de uma hora e meia. Se necessário, acrescente água quente aos poucos.

Separe o molho do frango e acrescente uma colher de manteiga bem misturada com uma colher de farinha para engrossá-lo.

Para servir, coloque os pedaços de frango sobre os cogumelos picados, com o molho ao redor e as cebolinhas para decorar.

cozinheiro amador

Os bons companheiros { *Goodfellas* } { *Martin Scorsese* } { 1990

BANQUETE NA PRISÃO

Bons companheiros de verdade permanecem unidos até na prisão e não se apertam na hora de comer bem. Pelo menos, não no cinema.

Em 1973, numa cela coletiva de uma prisão em Nova York, a máfia italiana preparou um jantar daqueles: Paulie (Paul Sorvino) cortou o alho tão fino com uma lâmina a ponto de fazê-lo derreter em contato com o óleo da panela; Vinnie (Charles Scorsese) tomou conta do molho de tomate, com almôndegas feitas de carne de boi, porco e vitela – e cebola demais; Johnny (Frank Pellegrino) fritou os bifes; e Henry (Ray Liotta) chegou com um carregamento de pão, salame, *prosciutto*, queijo, uísque e vinho. Sem contar os frutos do mar que, simplesmente, "apareceram por ali" – com uma ajudinha dos guardas, claro.

Para os gângsters encarcerados, um banquete digno de reis.

Em tempo: o filme tem ainda um delicioso plano-sequência (filmagem longa de uma ação contínua, sem cortes) que mostra a entrada de Henry e a esposa pela porta dos fundos do Copacabana, passando pela cozinha até chegar ao salão do clube noturno. Imperdível.

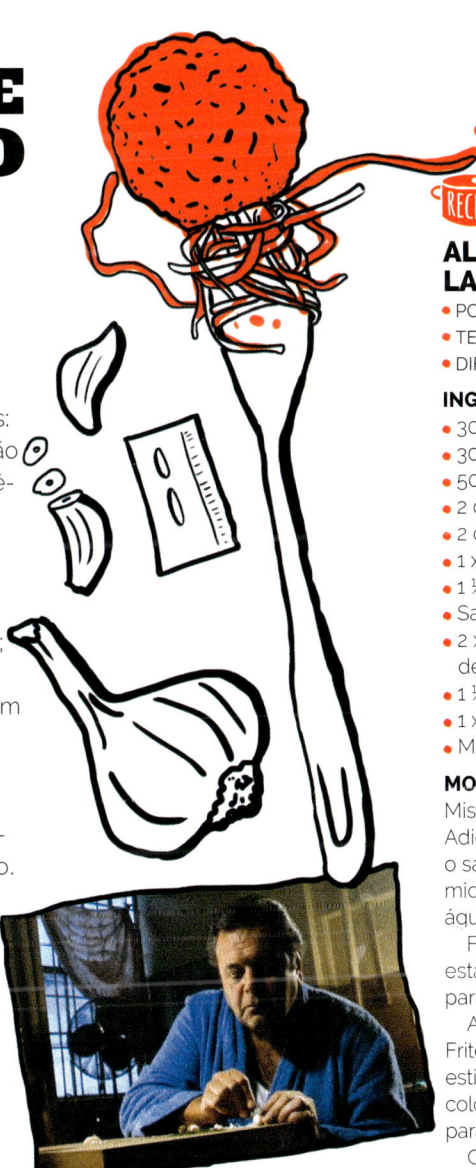

RECEITA

ALMÔNDEGAS À LA GOODFELLAS

- PORÇÃO **para 6 pessoas**
- TEMPO **45 minutos**
- DIFICULDADE **fácil**

INGREDIENTES
- 300 g de carne de boi moída
- 300 g de carne de vitela moída
- 500 g de carne de porco moída
- 2 dentes de alho em fatias bem finas
- 2 ovos
- 1 xícara (chá) de queijo ralado
- 1 ½ colher (sopa) de salsinha
- Sal e pimenta-do-reino a gosto
- 2 xícaras (chá) de migalhas de pão amanhecido
- 1 ½ xícara (chá) de água morna
- 1 xícara (chá) de azeite de oliva
- Molho de tomate

MODO DE PREPARO

Misture as carnes em uma tigela grande. Adicione o alho, os ovos, o queijo, a salsinha, o sal e a pimenta-do-reino. Acrescente as migalhas de pão. Lentamente, coloque a água, meia xícara de cada vez.

Faça bolinhas com a mistura, que deve estar bem úmida, mas ainda consistente para poder dar forma às almôndegas.

Aqueça o azeite em uma frigideira grande. Frite as almôndegas em lotes. Quando estiverem douradas, retire-as da gordura e coloque-as em um prato com papel toalha, para absorver o excesso de óleo.

Coloque as almôndegas fritas no molho de tomate e cozinhe por mais 15 minutos.

cozinheiro amador

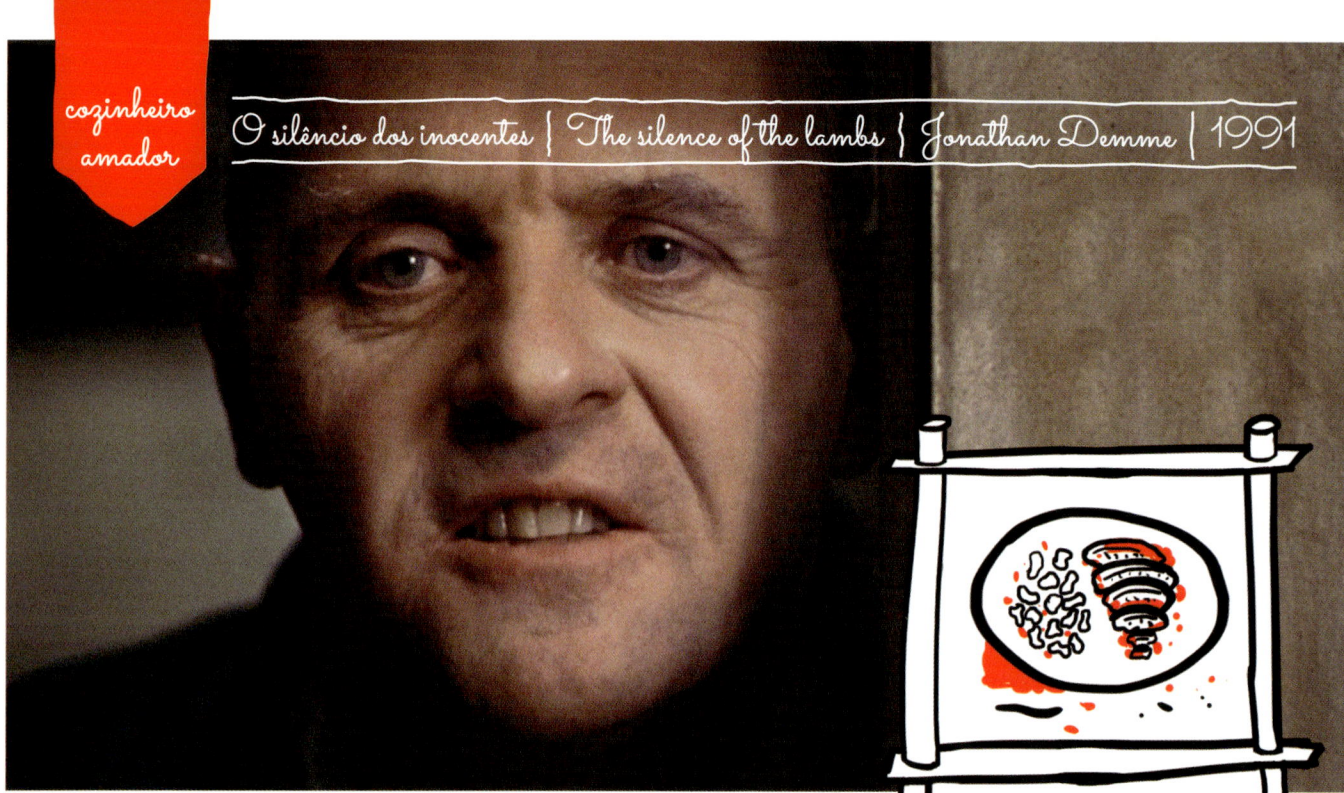

O silêncio dos inocentes | *The silence of the lambs* | *Jonathan Demme* | *1991*

MENU INDIGESTO

Para traçar o perfil psicológico do *serial killer* Buffalo Bill (Ted Levine), a agente do FBI Clarice Starling (Jodie Foster) precisou da ajuda de outro psicopata. O escolhido foi o psiquiatra Hannibal Lecter (Anthony Hopkins), encarcerado havia oito anos por canibalismo.

Médico respeitado, inteligente e manipulador, Lecter não era um canibal qualquer. Gostava de mordomia e de comer costeletas de cordeiro e, sem culpa, "velhos amigos" no jantar. Era, portanto, um canibal *gourmet*. E isso ficou claro no primeiro encontro com Clarice. Testado pela policial, ele não se deixou enganar e logo avisou: "Certa vez, um pesquisador do Censo tentou me pôr à prova. Comi o fígado dele com fava e um belo Chianti". Ui.

E TEM TAMBÉM

Em **Entrevista com o vampiro**, Louis de Pointe du Lac (Brad Pitt) sofreu para entender que precisava beber sangue humano para viver. No processo, ele foi sobrevivendo com sangue de ratos, galinhas e poodles.

DICA

Leguminosa da família do feijão, a fava fica ótima na salada de fígado – de galinha, por favor. Basta dar uma branqueada nas favas, saltear (fritar com pouco óleo) tiras de fígado temperadas com sal e pimenta-do-reino e colocar tudo num prato com rúcula e tomate cortado.

Para o molho, junte ½ colher (chá) de mostarda de Dijon, 1 colher (chá) de mel, 1 colher (sopa) de vinagre balsâmico, 3 colheres (sopa) de azeite e 1 dente de alho amassado. Coloque o molho sobre a salada e finalize com queijo parmesão ralado.

cozinheiro amador

Em busca do ouro | *The gold rush* | *Charles Chaplin* | *1925*

O SONHO NÃO ACABOU

Fazer a vida no polo norte não é para os fracos. Pergunte ao Explorador Solitário (Charles Chaplin) o que ele passou até conseguir se dar bem. Com a barriga roncando, o jeito era comer vela com sal ou ensopado de bota. Fora ter de tomar cuidado para não virar comida dos outros, porque, na fome, as alucinações são um perigo.

No Ano-Novo, se empenhou para preparar um jantar especial para a dançarina Georgia (Georgia Hale). Mas ela não apareceu. Então, ele dormiu e sonhou que fazia a clássica dança dos pãezinhos para a amada.

Um romântico. Mesmo diante de tanta miséria, nem todos os sonhos foram perdidos.

E TEM TAMBÉM

Em *Benny & Joon – Corações em conflito*, Sam (Johnny Depp) reproduz a dança dos pãezinhos para Benny (Aidan Quinn) e Joon (Mary Stuart Masterson). Mas um dos pães escapa do garfo, sai voando, bate na cabeça da garçonete e causa a maior confusão no restaurante.

RECEITA

PÃO CASEIRO
- PORÇÃO **40 unidades** • TEMPO **1 hora**
- DIFICULDADE **fácil**

INGREDIENTES
- 3 ovos
- 1 copo de leite morno
- 2 copos de água
- 1 copo de óleo
- 30 g de fermento biológico fresco
- 5 colheres (sopa) de açúcar
- 1 colher (café) de sal
- 1 kg de farinha

MODO DE PREPARO

Coloque todos os ingredientes, com exceção da farinha, no liquidificador e bata por alguns minutos. Ponha a farinha numa tigela, junte a mistura do liquidificador e trabalhe a massa. Cubra-a e deixe-a crescer. Modele os pãezinhos, deixe crescer novamente e asse-os a 180 °C até que estejam dourados.

cozinheiro amador

Uma babá quase perfeita | Mrs. Doubtfire | Chris Columbus | 1993

CURRÍCULO EM CHAMAS

Após um dolorido divórcio, Daniel Hillard (Robin Williams) sabia que precisava mudar bastante para reconquistar a confiança da ex-mulher, Miranda (Sally Field), cansada de tanta indisciplina em casa. Desesperado, arrumou um método nada ortodoxo para ficar perto dos filhos: se transformou em Euphegenia Doubtfire – uma experiente babá escocesa. Tudo o que a mãe das crianças precisava naquele momento difícil.

Na entrevista para o emprego, a sra. Doubtfire disse que não abria mão de uma alimentação saudável para os pequenos, e ganhou pontos com Miranda. Mas aí, já contratada, deu para ver que cozinha não era o forte dela. Queimou a comida e os peitos falsos enquanto preparava o jantar e teve de apelar para o *delivery*. Em segredo, claro.

Com o tempo, e a prática, aprendeu a se virar com as panelas, graças aos programas de culinária da TV.

DICA

A segurança na cozinha deve ir além dos cuidados com o fogo e as facas. É preciso dar atenção também à transmissão, direta ou indireta, de micro-organismos do homem para os alimentos; à contaminação cruzada por meio de equipamentos utilizados em diferentes alimentos (crus e cozidos, por exemplo); ao armazenamento correto, sob refrigeração, de alimentos perecíveis, entre muitas outras coisas. Quem cozinha, cuida.

cozinheiro amador

House | House M.D. | David Shore | 2004-12

MÉDICO DE FORNO E FOGÃO

Para fazer um diagnóstico médico, não basta conhecer só as ciências biológicas, é preciso saber geografia também. Não fosse por isso, o dr. Gregory House (Hugh Laurie) não teria descoberto a razão da enfermidade de um agente da CIA no episódio "Whatever it takes" (temporada 4, episódio 6).

A informação que House tinha era de que o moribundo vinha da Bolívia. Mas, como diz o bordão da série, "todo mundo mente", e a verdade é que ele estava no Brasil, onde as doenças e os parasitas são outros. E a castanha também.

Em missão secreta, o agente havia comido muita castanha-do-pará, também conhecida como castanha-do-Brasil ou noz brasileira. Acontece que a oleaginosa contém selênio, que, em altas doses, provoca fadiga, vômito, irritação da pele e perda de cabelo. Exatamente os sintomas do paciente do dr. House. "Não é lúpus."

Em tempo: duas temporadas depois, o médico mais genial e genioso da TV decidiu ter aulas de culinária e se revelou um excelente cozinheiro. Graças aos seus conhecimentos em química orgânica, claro.

SAIBA MAIS

A transformação dos alimentos – e a consequente criação de novos pratos – acontece por meio de técnicas tão antigas quanto o nascimento da cozinha francesa e tão modernas quanto a invenção da chamada gastronomia molecular. Da noção da temperatura interna da carne para determinar o ponto de cocção à criação de um falso caviar feito a partir de sódio e cálcio, na cozinha, tudo é química e física.

E TEM TAMBÉM

Em *A Era do Gelo*, o meio esquilo, meio rato Scrat apronta altas confusões para proteger sua tão estimada noz. Há quem diga que se trata de uma bolota, o fruto do carvalho, não de uma noz. Mas tanto faz. O que importa é que Scrat sofre horrores por ela, mas, guerreiro, não desiste nunca.

cozinheiro amador

Como água para chocolate | Como agua para chocolate | Alfonso Arau | 1992

PITADA DE AMOR

Em *Como água para chocolate*, Tita (Lumi Cavazos) comeu o pão que *el diablo* amassou. Desprezada desde pequena pela mãe, encontrou refúgio na cozinha da casa. Foi ali que ela cresceu e, claro, aprendeu a cozinhar.

Já adulta, viu seu amado se casar com sua irmã mais velha. E ainda foi obrigada a preparar o banquete da festa. Chorando de tristeza, bateu o bolo dos noivos, e deixou cair uma lágrima na massa. O resultado foi uma intoxicação coletiva, com direito a chororô de amor de todos os convidados.

Tudo o que Tita cozinhava tinha algum efeito especial nas pessoas. Quando questionada sobre a receita do tradicional *mole poblano*, apenas respondeu: "Cozinhe com amor".

CLÁSSICO DA GASTRONOMIA

RECEITA — MOLE POBLANO

• PORÇÃO **para 6 pessoas** • TEMPO **1 hora** • DIFICULDADE **média**

INGREDIENTES
- 80 g de uvas-passas pretas sem semente
- 3 colheres (sopa) de óleo
- 1 cebola picada
- 4 dentes de alho bem picados
- 1 pimenta dedo-de-moça sem semente picada
- 120 g de amêndoas sem pele
- 2 colheres (sopa) de manteiga
- 50 g de amendoim sem casca
- 3 grãos de pimenta-do-reino
- 2 cravos da índia
- ½ colher (chá) de semente de aniz estrelado
- 1 canela em pau
- 180 g de chocolate meio amargo
- 1 kg de tomate picado sem pele e semente
- 2 pimentões verdes picados sem pele e semente
- 2 pimentões vermelhos picados sem pele e semente
- Sal a gosto
- 1 colher (sopa) de açúcar
- ½ litro de caldo de galinha
- 4 colheres (sopa) de gergelim

MODO DE PREPARO
Coloque as uvas-passas de molho por 15 minutos. Escorra e reserve.

Numa panela com óleo, refogue a cebola, o alho e a pimenta dedo-de-moça, depois bata no liquidificador e reserve.

Doure as amêndoas na metade da manteiga, junte o amendoim, os grãos de pimenta-do-reino, os cravos, as sementes de aniz e a canela em pau e salteie. Depois, processe tudo e reserve.

Derreta o chocolate em banho-maria, junte o tomate, os pimentões, os temperos batidos, as especiarias processadas e tempere com sal.

Leve ao fogo, junte o açúcar e, quando começar a ferver, acrescente o caldo de galinha. Tampe e cozinhe em fogo brando, até o molho ficar espesso. Adicione as uvas-passas e cozinhe por mais 10 minutos.

Doure o gergelim na outra metade da manteiga para ser polvilhado sobre o molho.

O *mole poblano* é ideal para acompanhar frango ou peru assado.

cozinheiro amador

O diário de Bridget Jones | Bridget Jones's diary | Sharon Maguire | 2001

NÃO É SOPA

Nem tudo saiu como a atrapalhada Bridget Jones (Renée Zellweger) planejou para a noite do seu aniversário. Primeiro, o pretendente Mark Darcy (Colin Firth) apareceu de surpresa no jantar que era para ser só entre amigos. Essa é a boa notícia. Mas, depois, o caldo, que era para ser de batata com alho-poró, entornou e ficou azul. Que tragédia!

Menos mal que Bridget tinha ovo na geladeira e Mark conseguiu improvisar uma omelete. Fica a dica: quem tem ovo em casa, tem tudo.

E TEM TAMBÉM Em *Guerra nas estrelas*, Luke Skywalker (Mark Hamill) reclama da vida enquanto janta com os tios. Eles tomam um leite azul – também conhecido como leite de bantha ou de tatooine –, que aparece em vários filmes da série.

RECEITA: SOPA AZUL DE BATATA E ALHO-PORÓ

• PORÇÃO **para 4 pessoas** • TEMPO **20 minutos** • DIFICULDADE **fácil**

INGREDIENTES
- 1 tablete de manteiga
- 350 g da parte branca do alho-poró bem picada
- 150 g de cebola bem picada
- 250 g de batata bem picada
- 1 taça de vinho branco (*chardonnay*, de preferência)
- 2 taças de caldo de galinha ou de legumes ou água
- 300 ml de leite
- Corante alimentício azul
- Sal e pimenta-do-reino

MODO DE PREPARO

Derreta a manteiga numa panela grande, acrescente os legumes e refogue até dourar ligeiramente. Coloque o vinho e deixe cozinhar por 5 minutos, com a panela tampada.

Adicione o caldo e ferva até que a batata fique macia. Acrescente o leite, uma gotinha do corante azul e tempere com sal e pimenta-do-reino. Misture bem para uniformizar.

Deixe esfriar um pouco e, em seguida, bata com um *mixer* ou no liquidificador.

cozinheiro
profissional

cozinheiro profissional

Sem reservas | No reservations | Scott Hicks | 2007

A PODEROSA CHEFONA

Cheia de autoconfiança, a *chef* Kate Armstrong (Catherine Zeta-Jones) era do tipo que usava a sessão de terapia para os fins errados. Falava de comida, testava receitas e alimentava o terapeuta, que não resistia ao molho de açafrão da paciente.

Então, do nada, a vida dela desandou. A irmã morreu e ela ficou com a guarda da fofa, porém rebelde, sobrinha Zoe (Abigail Breslin). Também precisou aprender a dividir a cozinha com um novo *sous chef*, o feliz e contente Nick Palmer (Aaron Eckhart).

Para completar, teve de engolir que a menina preferiu o macarrão do cozinheiro à sua maravilhosa comida.

Tanta novidade fez com que Kate se refugiasse algumas vezes na câmara frigorífica – para esfriar a cabeça. Mas com o tempo, tudo se resolveu, e todo mundo se entendeu.

Em tempo: o filme é um *remake* da comédia dramática e romântica alemã **Simplesmente Martha**, da diretora Sandra Nettelbeck, lançado em 2001.

RECEITA: MOLHO DE AÇAFRÃO
• PORÇÃO **para 2 pessoas** • TEMPO **15 minutos** • DIFICULDADE **fácil**

INGREDIENTES
- ½ xícara (chá) de cebolas picadas
- ½ xícara (chá) de vinho branco seco
- 1 pitada de açafrão
- 2 colheres (sopa) de creme de leite fresco
- 1 tablete de manteiga, cortado em pedaços
- Suco fresco de limão
- Sal e pimenta-do-reino branca

MODO DE PREPARO
Numa caçarola grande, coloque as cebolas com o vinho branco. Ferva até reduzir o vinho a 2 colheres de sopa e, então, acrescente o açafrão e o creme de leite fresco.

Em fogo alto, coloque a manteiga, um pedaço de cada vez, acrescentando o próximo pedaço antes de o anterior ter derretido por completo, mexendo sem parar. Não deixe ferver – se necessário, tire a panela do fogo por instantes. Acrescente o suco fresco de limão, sal e pimenta-do-reino branca a gosto.

Sirva com peito de frango ou filé de peixe.

cozinheiro profissional

A festa de Babette | Babettes gæstebud | Gabriel Axel | 1987

O MELHOR BANQUETE DO CINEMA

CLÁSSICO DA GASTRONOMIA

Babette Hersant (Stéphane Audran) só queria uma chance para fazer o seu melhor: cozinhar. Ela sabia que as pessoas, depois de comerem seus pratos, não seriam mais as mesmas. Acontece que a França do século XIX também já era outra, sobretudo após o nascimento da *cuisine classique*, da qual Antonin Carême é rei. Foi ele quem elevou o *status* da função de *chef* e documentou a arte da cozinha clássica francesa, escola de Babette.

Da sopa de tartaruga ao *baba au rhum*, o banquete preparado pela cozinheira francesa é impecável. Difícil, porém, é saber quem mais se esbalda com o menu – os convivas ou a própria Babette, orgulhosa de seu feito. Não à toa, *A festa de Babette* é considerado um clássico da cinematografia gastronômica.

🍲 RECEITA — BABA AU RHUM

- PORÇÃO **para 8 pessoas** • TEMPO **1 hora e 30 minutos** • DIFICULDADE **média**

INGREDIENTES

CALDA
- 250 g de açúcar
- 500 ml de água
- Raspas de ½ limão
- Raspas de ½ laranja
- Baunilha a gosto
- 50 ml de rum
- Chantili para decorar

MASSA
- 250 g de farinha
- 1 colher (chá) de sal
- 1 colher (chá) de açúcar
- 3 ovos batidos
- 80 ml de leite
- 20 g de fermento biológico
- 50 g de manteiga sem sal
- 75 g de uvas-passas

MODO DE PREPARO

CALDA

Numa panela, misture o açúcar e a água delicadamente, em fogo baixo, até o açúcar dissolver. Aumente o fogo, junte as raspas de limão, de laranja e a baunilha e deixe ferver (não mexa mais depois disso).

Dissolva os cristais que, porventura, se formarem na lateral da panela com um pincel com água fria. Ao final, junte o rum. A calda deve ficar clara e fina. Teste com o polegar e o indicador: deve mostrar certa resistência para desgrudar. Reserve.

MASSA

Peneire a farinha, o sal e o açúcar numa tigela. Faça um buraco no meio e coloque os ovos. Amorne o leite. Esfarele o fermento numa tigelinha e misture ao leite aos poucos. Junte essa mistura aos ovos. Misture os secos e os líquidos aos poucos até formar uma massa espessa.

Trabalhe a massa até ficar lisa. Cubra e deixe-a em local aquecido até dobrar de volume. Bata a manteiga até ficar um creme bem mole, acrescente as uvas-passas e junte à massa. Amasse por 5 minutos até ela ficar elástica.

MONTAGEM

Pincele uma forma de pudim ou oito forminhas de 95 ml (pode ser forminha de *muffin*) com manteiga derretida e leve à geladeira para endurecer. Repita a operação.

Coloque a massa na forma, cubra e deixe-a crescer até a borda. Asse a 190 °C de 25 a 30 minutos. Coloque as babas sobre uma peneira ou grelha, com uma assadeira por baixo, e molhe-as com a calda (300 ml aproximadamente), com a ajuda de uma colher.

Deixe esfriar e decore com chantili. O ideal é que as babas sejam feitas em um dia e, só no dia seguinte, regadas com a calda. Assim, ela será mais bem absorvida.

cozinheiro profissional

Tampopo – Os brutos também comem espaguete | Tampopo | Jûzô Itami | 1985

LAMEN É MASSA!

CLÁSSICO DA GASTRONOMIA

Feito para satisfazer a fome e a alma de quem come, o *lamen* (ou *ramen*) é a obsessão de Tampopo (Nobuko Miyamoto). Empenhada em renovar seu restaurante, ela sai em busca da receita perfeita, sempre escoltada pelo entregador de leite Goro (Tsutomu Yamazaki).

Mas a comédia *Tampopo – Os brutos também comem espaguete* é feita também de episódios paralelos sobre a comida na sociedade japonesa. Num deles, uma professora de etiqueta ensina moças a fazerem silêncio enquanto comem. Ao lado, um homem não tem pudor de fazer o maior barulho ao chupar o macarrão. Certo ele. *Lamen* deve ser comido assim, para não queimar a boca.

O filme tem, ainda, momentos impagáveis nos quais a comida aparece como alegoria sexual. Ovo, ostra, tudo é motivo para "esquentar" a relação.

RECEITA

LAMEN • PORÇÃO **para 4 pessoas** • TEMPO **40 minutos** • DIFICULDADE **média**

INGREDIENTES
- 200 g de macarrão para *lamen*
- 1 l de água
- 1 carcaça de frango
- Sal e pimenta-do-reino a gosto
- 1 colher (sopa) de óleo de gergelim
- 1 bulbo de acelga chinesa cortado em pedaços
- 3 colheres (sopa) de manteiga
- 200 g de cogumelo *hiratake* ou *shimeji*
- ⅓ de xícara (chá) de cebolinha
- 2 xícaras (chá) de brócolis cozido

MODO DE PREPARO
Cozinhe o macarrão em água fervente de 3 a 5 minutos. Escorra. Ferva a água, coloque a carcaça do frango e cozinhe em fogo baixo por 10 minutos. Retire a carcaça e tempere o caldo com o sal, a pimenta-do-reino e o óleo de gergelim. Adicione a acelga e deixe cozinhar por 2 minutos. Tire-a e reserve o caldo.

Numa frigideira, derreta a manteiga e refogue o cogumelo. Tempere com sal. Reserve.

Adicione a cebolinha picada ao caldo. Junte o macarrão cozido. Por cima coloque os brócolis, o *shimeji* e a acelga.

Ah! Se quiser, acrescente algas marinhas e carne de porco e peixe ao caldo.

E TEM TAMBÉM

Em **Kung Fu Panda**, Po tem que convencer seu pai de que não nasceu para tocar o negócio de *lamen* da família. O que ele quer mesmo é lutar kung fu. Predestinado, mas acima do peso, pena para chegar à forma ideal – e só pode comer depois de treinar. Tudo o que o mestre mandar.

E TEM TAMBÉM

Em **O sabor de uma paixão**, Abby (Brittany Murphy) procura um sentido para a vida depois de ser abandonada pelo namorado no Japão. Decidida a fazer as pessoas felizes, ela sofre para aprender a fazer *lamen* como os japoneses. O professor? Um mestre – supertirano – na arte de preparar a tradicional sopa de macarrão.

cozinheiro profissional | *Comer, beber, viver* | *Yin shi nan nu* | *Ang Lee* | 1994

COMIDA PARA UM BATALHÃO

CLÁSSICO DA GASTRONOMIA

Os quatro minutos iniciais de *Comer, beber, viver* são suficientes para conhecer o talento extraordinário do *chef* Chu (Sihung Lung).

Em casa, de folga do seu trabalho como responsável pela cozinha de um grande hotel em Taiwan, ele prepara um banquete tipicamente chinês para as três filhas.

Tem de tudo nas panelas do *chef* Chu: peixe, galinha, porco, pato, rã. Muita coisa ele pega no próprio quintal e mata, abre, fileta, desossa, empana, frita, cozinha. Ufa, as habilidades dele com a faca são impressionantes, e os pratos, como o delicadíssimo *dim sum*, de babar. Um filme imperdível para quem tem fome de arte gastronômica.

E TEM TAMBÉM

Em *Cidade de Deus*, moradores da favela afiam as facas antes de sair correndo atrás das galinhas que vão virar almoço. Samba e caipirinha acompanham.

DIM SUM DE CARNE DE PORCO

- PORÇÃO **12 unidades** • TEMPO **1 hora e 30 minutos**
- DIFICULDADE **vai dar trabalho!**

INGREDIENTES

MOLHO
- 1 colher (chá) de alho picado
- 15 ml de vinagre de arroz
- 1 colher (sopa) de açúcar
- 30 ml de molho shoyu
- 3 ml de óleo de gergelim

MASSA
- 2 xícaras (chá) de farinha
- ½ xícara (chá) de água quente e ¼ xícara (chá) de água fria
- 1 colher (sopa) de óleo
- 1 pitada de sal

RECHEIO
- 500 g de carne de porco moída
- ½ maço de acelga cortada em tirinhas
- 1 colher (sopa) de cebolinha picada
- 1 colher (chá) de gengibre picado
- 1 colher (sopa) de molho de ostra
- Sal a gosto

MODO DE PREPARO

MOLHO
Misture todos os ingredientes e reserve.

MASSA
Misture a farinha com a água quente. Junte os demais ingredientes da massa e sove bem. Ajuste a textura da massa com mais água fria, se precisar. Deixe descansar por, pelo menos, 45 minutos.

RECHEIO
Misture todos os ingredientes em uma travessa e reserve na geladeira.

MONTAGEM
Divida a massa ao meio e abra em discos de aproximadamente 8 cm de diâmetro. Coloque uma colher de recheio em cada disco e dobre. Cozinhe em água fervente por aproximadamente oito minutos e sirva com o molho. Para conseguir uma textura crocante, pode-se fritar o *dim sum* após o cozimento.

como dobrar um dim sum.

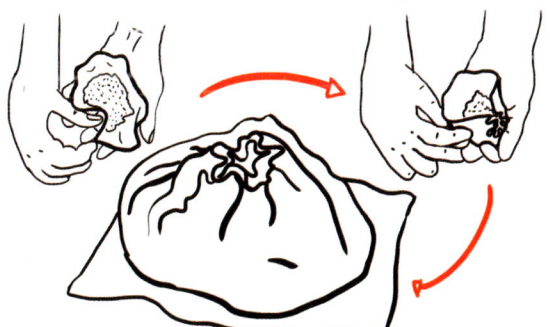

cozinheiro profissional | Estômago | Estômago | Marcos Jorge | 2007

GOROROBA DE PRIMEIRA

CLÁSSICO DA GASTRONOMIA

A carreira de cozinheiro do paraibano Raimundo Nonato (João Miguel) começou num boteco, onde preparava uma coxinha de galinha de babar. De lá, foi para um restaurante e aprendeu tudo sobre a cozinha italiana. Mas aí ele se envolveu com uma prostituta apaixonada por macarrão *alla puttanesca* e acabou como chef e *sommelier* na prisão.

Na cadeia, virou Nonato Canivete e, depois, Alecrim. Lá, promovia a gororoba de todo dia à comida de verdade com a ajuda de temperos, ervas, queijos contrabandeados pelo carcereiro. Entendido também de bebidas, ensinou seus companheiros a transformarem maria-louca – "pinga de cadeia, feita pra macho" – em negroni – "bebida de bacana" – com a adição de três gotinhas de angostura.

Pelo menos para os outros presos, o crime de Alecrim parece ter compensado.

E TEM TAMBÉM Em ***À espera de um milagre***, John Coffey (Michael Clarke Duncan) faz um último pedido ao guarda Paul Edgecomb (Tom Hanks) antes da execução da sua pena de morte: "Bolo de carne seria ótimo. Purê de batatas, molho, quiabo. Talvez a gostosa broa de milho da sua senhora, se ela não ligar".

RECEITA: COXINHA DE GALINHA

• PORÇÃO **30 unidades** • TEMPO **1 hora e 30 minutos** • DIFICULDADE **média**

INGREDIENTES

MASSA
- 1 l de leite e mais o suficiente para empanar
- 1 colher (sobremesa) de sal
- 1 colher (sopa) de caldo de galinha
- 1 xícara (chá) de gordura vegetal hidrogenada
- 4 xícaras (chá) de farinha peneirada
- Farinha de rosca para empanar
- Óleo para fritar

RECHEIO
- 2 peitos de frango cozidos e desfiados
- 4 tomates picados
- 2 cebolas picadas
- 1 colher (sopa) de óleo
- Alho, sal, pimenta vermelha, extrato de tomate e cheiro-verde a gosto

MODO DE PREPARO

MASSA
Misture o leite, o sal, o caldo de galinha e a gordura vegetal. Leve para ferver. Quando levantar fervura, jogue a farinha toda de uma vez e mexa vigorosamente até desgrudar da panela.

Coloque a massa em uma mesa e trabalhe-a com as mãos até esfriar um pouco. Sove até ficar uma massa lisa. Envolva essa massa em um saco plástico durante a utilização para não ressecar.

RECHEIO
Cozinhe o peito de frango, desfie e reserve. Refogue o tomate e a cebola até perder todo o líquido e reserve.

Numa panela, coloque o óleo, o alho e o peito de frango cozido e mexa bem. Acrescente o sal, a pimenta, o refogado de tomate, o extrato de tomate e mexa novamente. Corrija os temperos, se necessário. Por último, acrescente o cheiro-verde. Espere esfriar.

MONTAGEM
Recheie as coxinhas, passe-as no leite e na farinha de rosca e frite – não muitas por vez, para evitar que a temperatura do óleo abaixe.

Quando as coxinhas estiverem douradas, retire-as do óleo e coloque-as num prato com papel toalha para absorver o excesso de gordura. Sirva quente.

cozinheiro profissional

A grande noite | Big night | Campbell Scott, Stanley Tucci | 1996

JANTAR DANÇANTE

Os anos de 1950 foram tempos difíceis para os irmãos italianos Primo (Tony Shalhoub) e Secondo (Stanley Tucci). Tudo o que eles queriam era que o restaurante deles em Nova Jersey desse certo, porém os americanos não estavam interessados numa culinária tradicional e purista. Até queriam risoto, mas desde que fosse rápido, maior e acompanhado de macarrão com almôndegas. Que heresia.

Cansados, e numa tentativa desesperada de salvar o estabelecimento, a dupla apostou num jantar em homenagem ao cantor Louis Prima. Serviram sopa, *il primo piatto*, *il secondo piatto* e sobremesa: um deleite para os convidados. Menos para o músico, que não apareceu.

Sem problemas. Presença importante mesmo foi a do *timpano*, "uma massa com uma crosta especial, em forma de tambor, com todas as coisas mais importantes do mundo dentro". Essa, sim, a verdadeira atração da noite.

CLÁSSICO DA GASTRONOMIA

🍲 RECEITA: TIMPANO

• PORÇÃO **para 20 pessoas** • TEMPO **2 horas e 30 minutos** • DIFICULDADE **vai dar trabalho!**

INGREDIENTES

RECHEIO
- 500 g de massa tipo penne
- 1 cebola média picada
- 50 g de manteiga
- 1 kg de carne de porco moída
- 200 ml de vinho branco seco
- Sal e pimenta-do-reino
- 20 g de *funghi porcini* seco
- 200 g de salsichas brancas
- 50 g de *pancetta* cortada em cubinhos (na falta, use presunto cru)
- 250 g de ervilhas frescas
- 4 ovos
- 8 fígados de frango
- 2 peitos de frango
- 1 maço de salsinha
- 80 g de queijo *parmigiano*
- 200 g de *mozzarela* fatiada

MASSA
- 400 g de farinha
- 200 g de manteiga em pequenos cubos
- 100 g de açúcar
- 3 colheres (sopa) de vinagre
- 1 colher (café) de sal
- 4 gemas
- Manteiga para untar e farinha para polvilhar a forma
- Ovo batido para pincelar a massa

MODO DE PREPARO

RECHEIO
Cozinhe o macarrão *al dente*, e deixe esfriar. Reserve. Doure a cebola em 40 g de manteiga, junte a carne de porco e refogue bem. Flambe com o vinho, tempere com o sal e a pimenta-do-reino e cozinhe em fogo baixo até secar. Reserve.

Lave os *funghi* em água corrente e deixe-os de molho em água morna por 10 minutos. Escorra e pique-os. Reserve. Cozinhe as salsichas por 5 minutos, deixe esfriar e fatie. Reserve. Ferva a *pancetta* por 5 minutos e reserve. Ferva as ervilhas por 3 minutos e reserve. Cozinhe os ovos por 8 minutos, descasque-os, pique grosseiramente e reserve. Corte os fígados em quatro e refogue-os por 3 minutos na manteiga restante. Reserve. Cozinhe e desfie os peitos de frango e, adivinhe, reserve. Pique a salsinha, rale o *parmigiano*, separe a *mozzarela* e também reserve.

MASSA
Espalhe a farinha na mesa e junte a manteiga, o açúcar, o vinagre, o sal e as gemas. Misture, faça uma bola, cubra com um pano umedecido e leve à geladeira por 30 minutos.

MONTAGEM
Unte e enfarinhe uma forma de aro removível (24 cm de diâmetro por 8 cm de altura). Forre com ⅔ da massa. Numa tigela, misture o macarrão com o *funghi*, a *pancetta*, o fígado, a ervilha, o ovo picado, o *parmigiano* e a salsinha. Ajuste o sal e a pimenta-do-reino.

Na forma, alterne camadas desse composto com a carne de porco, a salsicha, o frango e a *mozzarela*. Repita as camadas até acabarem os ingredientes. Cubra com a massa restante, pincele com o ovo batido e leve ao forno preaquecido a 200 ºC por cerca de 30 minutos. Retire o *timpano* do forno e deixe descansar por 10 minutos. Desenforme e sirva.

cozinheiro profissional

Ratatouille | Ratatouille | Brad Bird, Jan Pinkava | 2007

COZINHA SEM PRECONCEITO

Clássico da gastronomia

Era uma vez um rato chamado Remy que sonhava ser um grande *chef*. Ele se mudou para Paris e, em parceria com o atrapalhado ajudante de cozinha Linguini, colocou em prática todo o seu talento culinário no famoso restaurante Gusteau's.

O resultado, singular e inesperado para qualquer mortal, surpreendeu até a audiência mais exigente. Após provar um *ratatouille*, que lembrava a comida que sua mãe preparava quando ele era pequeno, e descobrir que o autor daquela maravilha era um rato, o crítico gastronômico Anton Ego fez um discurso emocionado. A feliz moral da história é que, como dizia Gusteau, o ídolo do *chef* Remy, sim, "qualquer um pode cozinhar".

livro de receitas do Remy

RECEITA: RATATOUILLE

- PORÇÃO **para 8 pessoas** • TEMPO **2 horas** • DIFICULDADE **média**

INGREDIENTES

- 1 berinjela
- 1 abobrinha
- 6 tomates
- 1 pimentão vermelho
- 1 pimentão amarelo
- 2 dentes de alho
- 2 cebolas
- 5 colheres (sopa) de azeite
- 1 xícara (chá) de molho de tomate caseiro
- 1 galho de manjericão
- 1 galho de alecrim
- 1 galho de tomilho
- Salsinha, sal e pimenta-do-reino a gosto

MODO DE PREPARO

Corte a berinjela, a abobrinha e três tomates em rodelas uniformes de 0,5 cm, mantendo a casca. Reserve. A berinjela deve ficar na água com vinagre por 10 minutos. Depois, escorra-a e seque-a com um pano para diminuir o amargor.

Coloque os pimentões sobre a chama do fogo até que fiquem pretos, com a pele queimada. Ponha em um saco de papel ou em um refratário com tampa, mantendo fechado por uns 10 minutos para que a pele se solte. Isso pode ser feito debaixo da torneira, com água corrente. Retire as sementes e pique a polpa do pimentão, reservando-a para o preparo do molho de tomate.

Para o molho, refogue o alho e depois a cebola com 1 colher de azeite. Junte os pimentões picados, os três tomates restantes, sal e pimenta-do-reino. Deixe apurar, com consistência bem espessa. Processe e utilize na preparação.

Para a montagem, coloque uma boa quantidade de molho no fundo da travessa e nas bordas. Depois, comece arrumando os legumes, sobrepondo parcialmente uma fatia de berinjela, uma de abobrinha e outra de tomate, e assim sucessivamente, de fora para dentro. As rodelas ficam inclinadas, quase verticalmente, numa espiral em direção ao centro. Misture 4 colheres de azeite com o sal, as folhas de manjericão, alecrim e tomilho e regue os legumes, cobrindo com papel-alumínio (ou papel-manteiga).

Leve ao forno médio por cerca de 30 minutos. Depois, tire o papel e deixe o molho secar por uns 10 minutos. Sirva com mais azeite e um pouco de salsinha picada.

cozinheiro profissional | Tomates verdes fritos | Fried green tomatoes | Jon Avnet | 1991

INGREDIENTE SECRETO

Uma degustação de tomates verdes fritos no novo Whistle Stop Cafe acabou em guerra de comida na cozinha – resultado da habilidade zero da sócia-proprietária Idgie Threadgoode (Mary Stuart Masterson) na execução do prato que dá nome ao filme.

Já reconhecido na cidade por seu delicioso churrasco, o restaurante, certo dia, superou as expectativas de um policial que passou ali para investigar um crime e matar a fome. Ele bem acreditou ter sido o tempero a razão de seu deleite, mas a verdade é que ele nunca havia provado carne humana antes. Caso encerrado.

E TEM TAMBÉM
O cozinheiro, o ladrão, sua mulher e o amante é um filme cheio de cores, comida, sexo e violência no qual tudo acaba em canibalismo. Para vingar a morte cruel de seu amante, Georgina Spica (Helen Mirren) convence o cozinheiro a assar o defunto para que o assassino (seu marido, no caso) o coma. Haja estômago.

RECEITA: TOMATES VERDES FRITOS

- PORÇÃO **para 4 pessoas**
- TEMPO **40 minutos**
- DIFICULDADE **fácil**

INGREDIENTES
- 3 fatias de bacon
- ⅓ xícara (chá) de óleo
- ½ xícara (chá) de fubá
- 3 colheres (sopa) de queijo parmesão ralado
- Sal e pimenta-do-reino a gosto
- 4 tomates verdes médios, cortados em rodelas de 0,5 cm de espessura

MODO DE PREPARO
Numa frigideira, frite o bacon em fogo médio até ficar crocante. Retire com uma escumadeira, escorra em papel toalha, deixe amornar, esmigalhe e reserve. Acrescente o óleo à gordura que ficou na frigideira.

Em um prato grande, misture bem o fubá, o queijo parmesão, o sal e a pimenta-do-reino. Aqueça a frigideira em fogo médio. Passe as rodelas de tomate na mistura de fubá, pressionando bem.

Frite metade das rodelas por um minuto de cada lado ou até ficarem douradas e crocantes. Retire com uma escumadeira e coloque num prato coberto com papel toalha. Frite o tomate restante e também deixe escorrer no papel. Transfira para uma travessa e polvilhe com o bacon esmigalhado.

Sirva imediatamente.

cozinheiro profissional

Forrest Gump – O contador de histórias | *Forrest Gump* | Robert Zemeckis | 1994

CAMARÃO DIVINO

Forrest Gump (Tom Hanks) voltou da guerra do Vietnã e foi pescar camarão. Ele havia aprendido tudo sobre o crustáceo com o soldado Bubba Blue (Mykelti Williamson), que, por sua vez, aprendeu tudo com a mãe – o conhecimento de camarões era antigo na família, dizia Bubba.

Ele ensinou também umas duas dezenas de receitas com o fruto do mar: assado, cozido, fritinho, enrolado etc. Na prática, Forrest viu que esse negócio de camarão não era tão fácil. Assim como uma caixa de bombons, a pescaria sempre trazia uma surpresa – nem sempre boa. Mas, "com a ajuda de Deus", que ouviu Forrest e mandou um dilúvio divino, enfim a Cia. de Camarões Bubba Gump prosperou.

RECEITA: CAMARÃO AO ALHO E ÓLEO

- **PORÇÃO** para 4 pessoas
- **TEMPO** 1 hora e 30 minutos
- **DIFICULDADE** fácil

INGREDIENTES
- 20 camarões grandes, limpos, com casca
- 1 colher (chá) de sal
- 1 colher (café) de pimenta vermelha seca
- 1 xícara (chá) de azeite
- 6 dentes de alho picados, não muito finos
- Salsinha picada a gosto

MODO DE PREPARO

Tempere os camarões com o sal e a pimenta e deixe descansar por 1 hora.

Aqueça o azeite numa panela de 25 cm de diâmetro com o alho e, quando esse estiver dourado, retire e reserve.

Frite os camarões em etapas nesse azeite (mantenha-o sempre quente), de quatro em quatro, por 4 minutos, e vá reservando até que todos estejam fritos. Coloque os camarões no prato de servir e reserve em local aquecido. Volte com o alho ao azeite e esquente bem. Espalhe sobre os camarões e enfeite com a salsinha picada.

cozinheiro profissional | Sabrina | Sabrina | Billy Wilder | 1954

TERMOSTATO DA PAIXÃO

Apaixonada pelo irmão Larrabee errado, Sabrina Fairchild (Audrey Hepburn) quase jogou fora a chance de viver dois maravilhosos anos em Paris. Ainda bem que ela pensou direito e decidiu ir estudar na melhor escola de culinária da capital francesa.

Sabrina aprendeu a ferver água, quebrar ovos, fazer sopas e molhos. Mas nada disso fez com que esquecesse seu grande amor. Na aula de suflê, levou bronca do professor porque sua produção deu errado. E um colega de classe logo matou a charada: "Uma mulher apaixonada e feliz deixa queimar o suflê. Uma mulher apaixonada e infeliz se esquece de ligar o forno".

#chateada

RECEITA: SUFLÊ DE QUEIJO

- PORÇÃO **para 4 pessoas**
- TEMPO **45 minutos** • DIFICULDADE **fácil**

INGREDIENTES
- 40 g de manteiga
- 40 g de farinha
- 250 ml de leite frio
- 80 g de parmesão ralado
- Sal, pimenta-do-reino e noz-moscada a gosto
- 3 gemas
- 5 claras em neve bem firmes

MODO DE PREPARO

Unte com manteiga e enfarinhe de seis a oito forminhas (ramequins), dependendo do tamanho. Reserve.

Preaqueça o forno a 160 ºC. Faça um *roux* (espessante), levando a manteiga e a farinha para dourar ligeiramente. Retire a panela do fogo e junte o leite frio, pouco a pouco, mexendo para não empelotar. Só adicione mais leite depois que a quantidade anterior tiver sido incorporada pela farinha com manteiga.

Depois, junte o queijo ralado, o sal, a pimenta-do-reino, a noz-moscada, as gemas e misture bem. Adicione as claras em neve delicadamente e leve ao forno nos ramequins por uns 30 minutos. Sirva assim que retirar do forno.

cozinheiro profissional | Treme | Treme | Eric Overmyer, David Simon | 2010-

DEPOIS DA TEMPESTADE, A COMILANÇA

Bem que a chef Janette Desautel (Kim Dickens) tentou, mas não conseguiu manter aberto seu restaurante em Nova Orleans, resultado da passagem do furacão Katrina, que, em 2005, destruiu a vida dos moradores e a economia local. Uma tristeza retratada na série *Treme*.

Mas antes de fechar as portas do Desautel's, Janette, em "Shame, shame, shame" (temporada 1, episódio 5), teve de passar por um desafio digno do programa *Top chef*. É que alguns *chefs*, celebridades da vida real, apareceram em bando – e de surpresa – para jantar no restaurante. E ela, claro, precisou se virar para não decepcioná-los e, ainda, surpreendê-los. Tenso.

Em tempo: na segunda temporada, Janette se mudou para Nova York, onde passou pelas cozinhas de seus clientes famosos. Trabalhou com Tom Colicchio, Eric Ripert, David Chang, todos amigos de outro cozinheiro pop, Anthony Bourdain – que, aliás, ajudou a escrever a história da personagem.

SAIBA MAIS

Que programas de culinária existem desde sempre, todo mundo sabe. A questão é que hoje eles são vistos com outros olhos. No mundo contemporâneo, assim como os artistas da novela, os *chefs* da TV também são celebridades. E, além de entreter, acabam por influenciar os hábitos de consumo dos telespectadores. Incentivam novas experiências e formas de se relacionar com a comida, que pode ser mais glamourosa, mais *voyeur*, mais saudável, mais prática, mais *porn* – é ou não é, Nigella Lawson?

Tom Colicchio
Eric Ripert
Wylie Dufresne
David Chang

cozinheiro profissional | Soul Kitchen | Soul Kitchen | Fatih Akin | 2009

RECEITA DESASTROSA

O restaurante de Zinos Kazantsakis (Adam Bousdouksos) era um galpão, na zona industrial de Hamburgo, onde as pessoas iam para comer, beber e dançar. Tinha um cardápio com quarenta pratos, todos com o mesmo gosto. "Os clientes não têm paladar, têm um buraco no estômago", disse o *chef* Shayn Weiss (Birol Ünel), contratado por Zinos para substituí-lo na cozinha por razões médicas.

Temperamental, o novo cozinheiro impôs uma mudança radical ao menu do *Soul Kitchen* – nome do filme e do restaurante –, e espantou a clientela. Junte a isso os problemas de Zinos com as costas, a namorada, o irmão, a vigilância sanitária, os impostos e a especulação imobiliária, e tenha uma receita desastrosa. Ou quase. Ainda bem que quem cozinha com a alma sempre vence.

SAIBA MAIS

Jantares misteriosos, itinerantes e em lugares inusitados estão na moda. São os chamados *pop-up* e *supper clubs*, que funcionam para poucos sortudos comensais. É assim: um cozinheiro prepara um cardápio fechado para determinado número de pessoas e cobra um preço "x". A divulgação é no boca a boca e nas redes sociais. O que importa é proporcionar uma experiência gastronômica digna de um restaurante, em um local completamente inesperado. Vale tudo: a casa de alguém, um prédio desocupado, uma loja fechada e até um vagão de metrô. Enfim, a sugestão perfeita para quem procura um lugar diferente para jantar e se divertir.

cozinheiro profissional

House of cards | House of cards | Beau Willimon | 2013-

AS MELHORES COSTELINHAS DE WASHINGTON

Do alto da sua empáfia, o deputado republicano Francis Underwood (Kevin Spacey), da série *House of cards*, é a personificação da total ausência de escrúpulos. Mas ele também gosta de parecer alguém legal, gente como a gente, e se acaba com as suculentas costelinhas de porco do Freddy's BBQ. O restaurante é um "pé sujo" (perdão, Freddy), mas a comida é de respeito.

Fica na periferia de Washington, capital dos Estados Unidos, mas sua comida pode entrar no Capitólio ou em qualquer evento chique dos homens mais influentes do país – basta o nobre deputado Frank acionar Freddy (Reg E. Cathey), sempre pronto para satisfazer as laricas repentinas do congressista.

RECEITA: COSTELINHAS DE PORCO AGRIDOCES

● PORÇÃO **para 4 pessoas** ● TEMPO **2 horas** ● DIFICULDADE **fácil**

INGREDIENTES
- 150 ml de molho *hoisin* (molho picante chinês)
- 3 colheres (sopa) de extrato de tomate
- 2 colheres (sopa) de molho shoyu
- 1 xícara (chá) de cebolinha picada
- 1 pitada de raspas de laranja
- 1 colher (sobremesa) de óleo de gergelim torrado
- ½ colher (sobremesa) de gengibre ralado
- ¼ colher (chá) de pimenta calabresa
- 30 ml de suco de laranja
- 1,2 kg de costelinhas de porco

MODO DE PREPARO
Misture os oito primeiros ingredientes e adicione o suco de laranja. Coloque as costelinhas para marinar por 2 horas. Preaqueça o forno e asse a 200ºC até que estejam douradas.

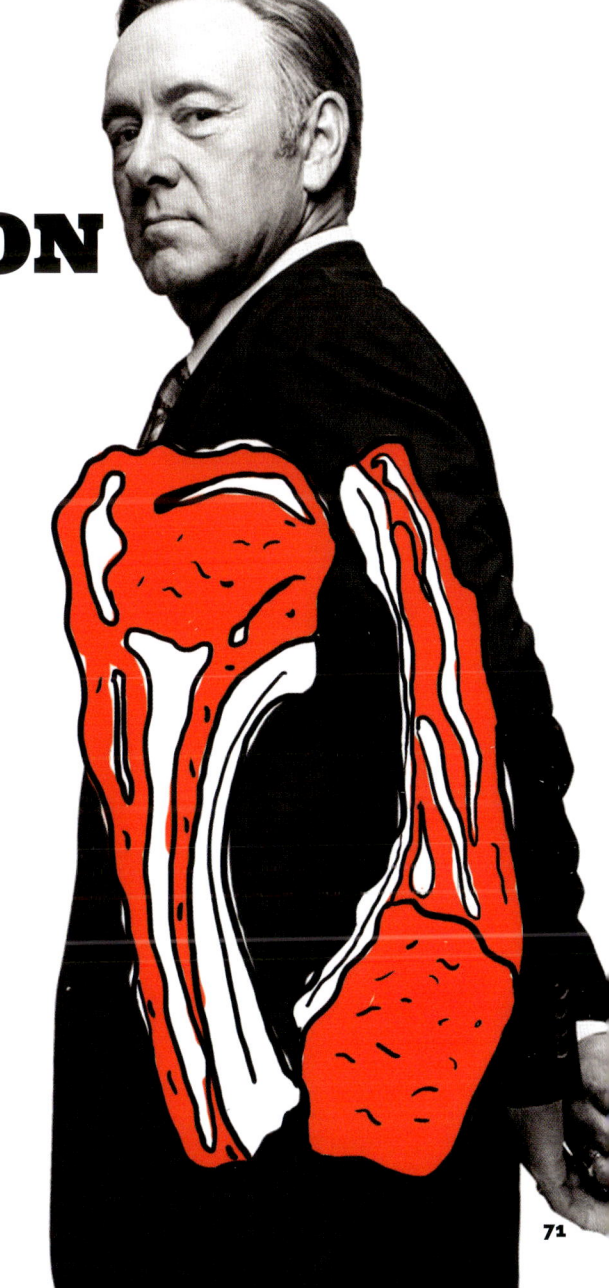

jantar

jantar | A Dama e o Vagabundo | Lady and the Tramp | Clyde Geronimi, Wilfred Jackson, Hamilton Luske | 1955

RECEITA

ESPAGUETE COM ALMÔNDEGAS

- PORÇÃO **para 4 pessoas** • TEMPO **50 minutos**
- DIFICULDADE **fácil**

INGREDIENTES
- 2 pães franceses amanhecidos sem casca ou 6 fatias de pão de forma
- 1 xícara (chá) de leite quente
- 500 g de carne moída
- 2 dentes de alho espremidos
- 1 cebola pequena ralada
- 3 colheres (sopa) de azeite
- Óleo para fritura
- 1 lata de tomate pelado processado
- 500 g de espaguete
- 100 g de parmesão ralado
- Sal, pimenta-do-reino, salsinha, cebolinha, suco de limão e manjericão fresco a gosto

MODO DE PREPARO

Amoleça os pedaços de pão em leite quente, que deve ser adicionado aos poucos para dar maciez às almôndegas. Junte a pasta de pão à carne moída, tempere com o alho, a cebola ralada, o suco de limão, o azeite, o sal, a pimenta-do-reino e, finalmente, a salsinha e a cebolinha bem picadas.

Prepare bolas de carne do tamanho de um limão pequeno e frite no óleo. Não é necessário que fiquem fritas demais, apenas douradas.

Bata o tomate pelado e refogue com óleo, cebola e alho. Adicione as almôndegas para terminarem de cozinhar.

Cozinhe a massa conforme as instruções do pacote e sirva com o molho, as almôndegas e o queijo parmesão ralado. Decore com as folhinhas de manjericão.

JANTAR BOM PRA CACHORRO

O primeiro jantar romântico da Dama e do Vagabundo aconteceu no quintal de um restaurante italiano. Tudo deliciosamente improvisado pelo *chef* Tony, que serviu ao casal canino o especial da casa: espaguete com almôndegas.

Todo "cãovalheiro", depois do inesperado beijo que aconteceu ao dividirem um fio de macarrão, o Vagabundo ainda concedeu à Dama a última almôndega do prato. A cena, tão delicada e poética, se transformou numa das mais clássicas de todos os tempos.

jantar | Esqueceram de mim | Home alone | Chris Columbus | 1990

DEUS ABENÇOE O MICRO-ONDAS

Não fosse o "macarrão com queijo de micro-ondas altamente nutritivo e as pessoas que o venderam na promoção – amém", Kevin McCallister (Macaulay Culkin) teria passado fome na noite de Natal.

Longe dos pais, ele teve de se virar: colocou o prato congelado para esquentar, encheu a taça com leite, arrumou a mesa, acendeu as velas e rezou. A intenção foi boa. Pena que ele teve que se levantar da mesa sem nem tocar num fio do macarrão. Malditos bandidos.

RECEITA

MACARRÃO COM QUEIJO (MAC & CHEESE)
• PORÇÃO **para 1 pessoa** • TEMPO **25 minutos** • DIFICULDADE **fácil**

INGREDIENTES
- 2 l de água
- ½ xícara (chá) de creme de leite fresco
- 2 colheres (sopa) de queijo parmesão ralado
- Noz-moscada, sal e pimenta-do-reino a gosto
- 100 g de macarrão (caracol, parafuso ou penne)

MODO DE PREPARO
Preaqueça o forno a 180 °C. Numa panela, coloque a água e um pouco de sal. Leve ao fogo alto.

Num recipiente que vá ao forno, misture o creme de leite com 1 colher de queijo ralado e tempere com noz-moscada, sal e pimenta-do-reino.

Quando a água ferver, coloque o macarrão e deixe cozinhar metade do tempo indicado na embalagem. Escorra a água e transfira o macarrão para o recipiente com o molho.

Misture bem, polvilhe com o queijo ralado restante e leve ao forno por 15 minutos.

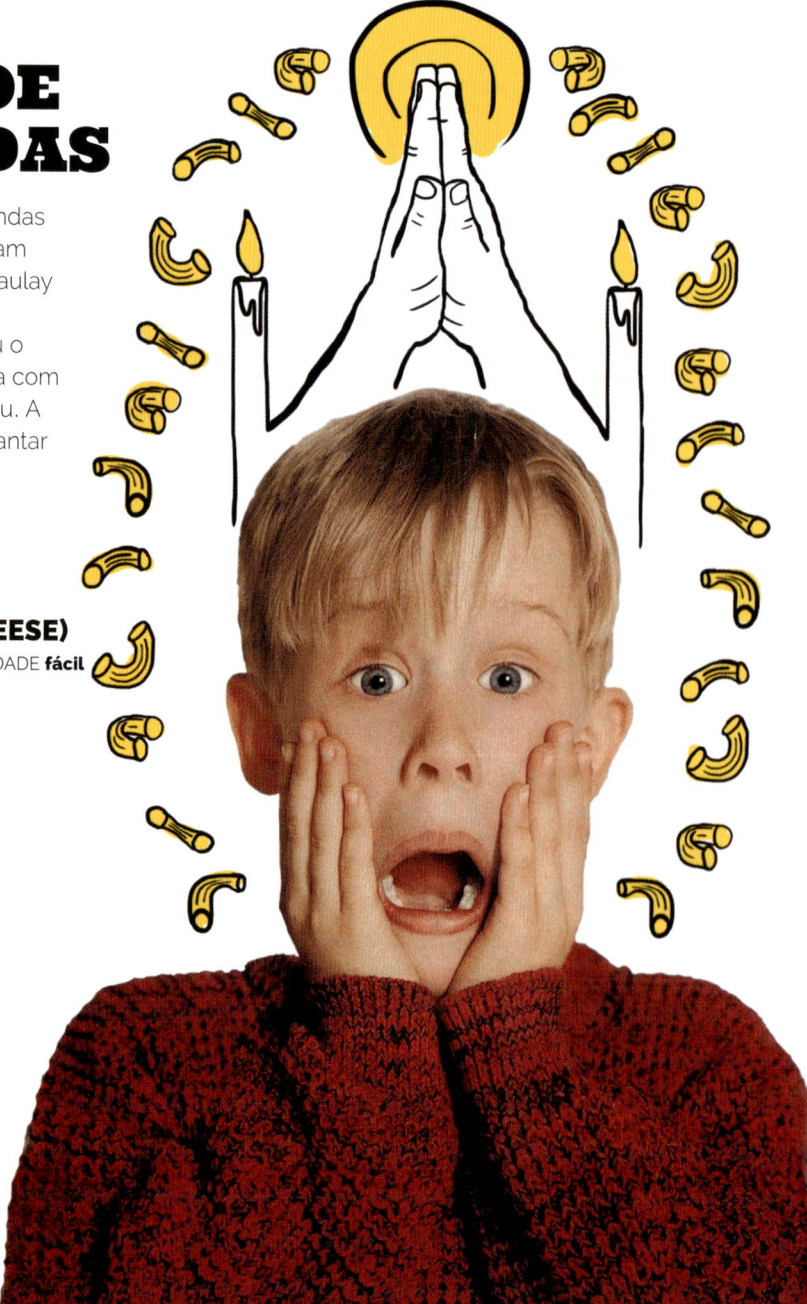

jantar | Quero ser grande | Big | Penny Marshall | 1988

DICA
O caviar deve ser servido como aperitivo, acompanhado de torradinhas ou *blinis* (minipanquecas). Fica bom com *sour cream* também. Para beber, vodca ou cerveja bem geladas.

COMIDA DE GENTE GRANDE

Aos 12 anos, Josh Baskin (David Moscow/Tom Hanks) só queria crescer. Uma noite, ele dormiu e, na manhã seguinte, acordou com trinta anos, e todo o pacote que vem com a idade: emprego, apartamento, namorada e compromissos sociais.

Numa festa estranha, com gente e comida esquisitas, não deu conta do gosto do caríssimo caviar beluga – produzido a partir das ovas do esturjão, peixe quase extinto – e cuspiu tudo. Muito adulto.

Promovido a gente grande, ainda que contrariado, acabou deixando de lado o "*ice cream soda* com muita cobertura" e aprendeu a tomar café. "Ooooô, que legal!"

E TEM TAMBÉM
Em **Três é demais**, o adolescente Max Fischer (Jason Schwartzman) acha que está à altura de competir com o namorado da professora: "Eu escrevi uma peça de teatro de sucesso, por que eu não posso beber também?".

E TEM TAMBÉM
Em **O profissional**, Mathilda (Natalie Portman), aos 12 anos, já se acha muito adulta ao dar um gole na taça de champanhe e tentar roubar um beijo de Léon (Jean Reno).

jantar | Shrek 2 | Shrek 2 | Andrew Adamson, Kelly Asbury e Conrad Vernon | 2004

FOME DE OGRO

Quando ainda tentava conquistar Fiona, lá no primeiro filme, Shrek contou para ela, todo orgulhoso, quais eram suas especialidades culinárias: rato de horta cozido, sopa de sapo do pântano e tartar de olho de peixe. A princesa ficou encantada, pois sabia reconhecer o valor da cozinha ogra.

Em *Shrek 2*, já casado, ele passou vergonha num banquete com os sogros no reino Tão Tão Distante. Ao tomar uma colherada da lavanda – que estava na mesa para que os comensais limpassem os dedos –, Shrek disse: "Sopa incrível, dona rainha". Entre gafes, arrotos e muita confusão, salvaram-se todos.

E a mãe de Fiona ainda ficou feliz por ter toda a família reunida para o jantar.

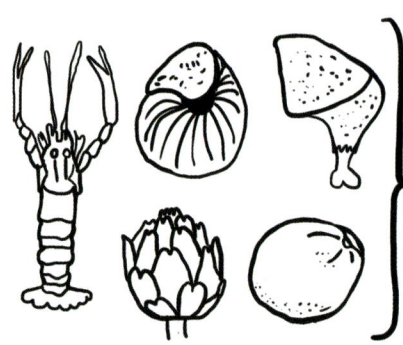

"é lavanda, seu burro"

DICA Para não fazer ogrice à mesa, é bom saber que a lavanda é uma água aromatizada que serve para limpar os dedos depois de comer alguma coisa (alcachofra, *escargot*, frango a passarinho, frutas) com as mãos. A tigelinha é colocada sempre num prato à esquerda de quem come. Após mergulhar, delicadamente, as pontas dos dedos na "aguinha", enxugue as mãos no guardanapo de pano e coloque-o de volta no colo.

jantar | Uma linda mulher | Pretty woman | Garry Marshall | 1990

como comer escargot

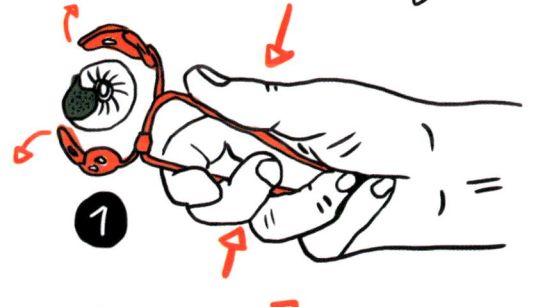

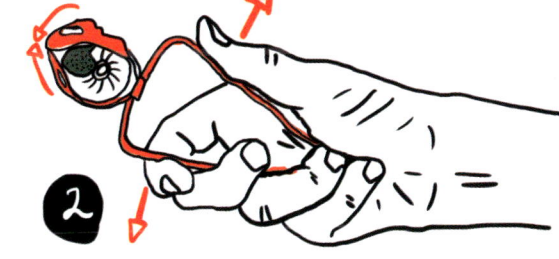

ESCARGOTS VOADORES

Uma aula de etiqueta antes de sair para jantar em um restaurante chique, infelizmente, não foi o bastante para evitar que Vivian Ward (Julia Roberts) cometesse uma gafe. Ou duas. Três!

Decorar para que serve cada garfo é uma coisa. Outra é saber o que fazer quando a ordem dos pratos muda. Ou quando vem uma folhinha verde em cima do *sorbet*. Mas, principalmente, como comer um *escargot*. "Os danadinhos deslizam."

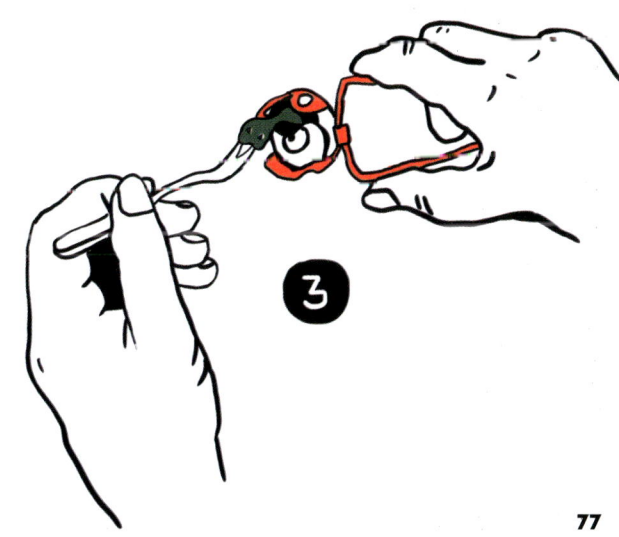

jantar — Os Irmãos Cara de Pau | The Blues Brothers | John Landis | 1980

QUESTÃO DE ETIQUETA

Os irmãos Jake (John Belushi) e Elwood (Dan Aykroyd) Blues não têm a mínima noção de nada. A não ser de como serem dois verdadeiros caras de pau. Na "missão divina" para reunir a antiga banda, a dupla vai a um restaurante francês para resgatar o trompetista que virou *maître*. Erram os copos e as boas maneiras, quase matando de desgosto os outros comensais ao exibir total ausência de modos à mesa.

Depois, vão à lanchonete da sra. Murphy (Aretha Franklin) atrás do marido dela, que trocou a guitarra pela cozinha. E são reconhecidos de longe pelo músico ao fazerem o pedido de sempre: pão branco seco, quatro frangos inteiros fritos e uma Coca-Cola.

DICA

como arrumar a mesa

- faca - pão
- prato - pão
- garfo - prato principal
- garfo - entrada
- guardanapo
- colher - sobremesa
- garfo - sobremesa
- prato de sopa
- prato principal
- sousplat
- taça - espumante
- taça - água
- taça - vinho tinto
- taça - vinho branco
- faca - prato principal
- faca - entrada
- colher - sopa

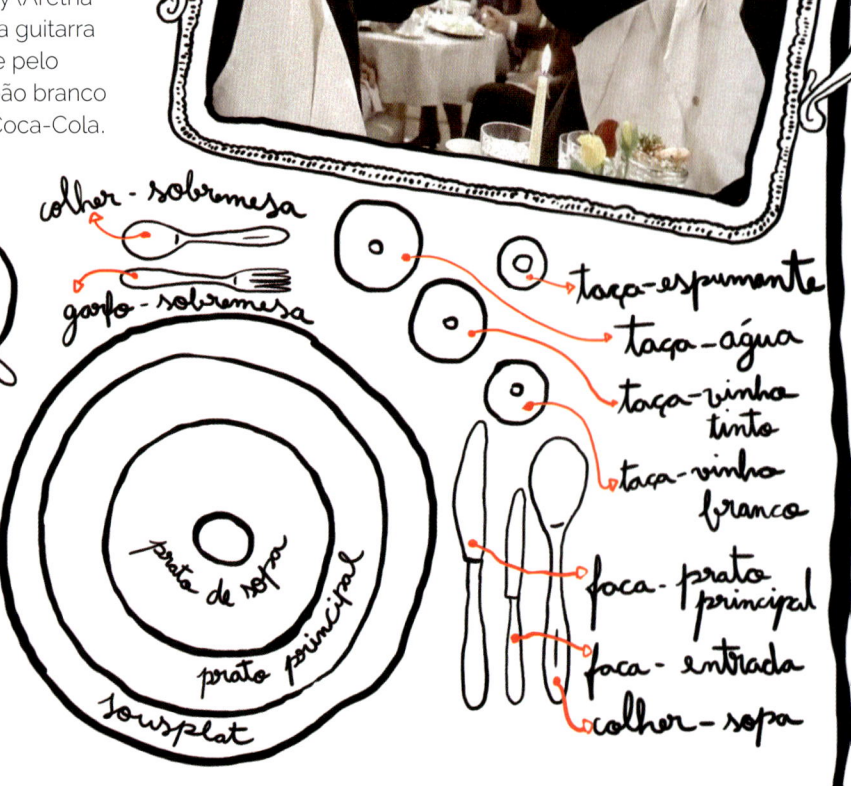

jantar | Psicopata americano | American psycho | Mary Harron | 2000

Mesa para dois, por favor. Ops, para um.

TOPA TUDO POR UM JANTAR

Aos 27 anos, Patrick Bateman (Christian Bale) trabalhava em Wall Street, tinha um apartamento de luxo, uma coleção de ternos de estilistas famosos, uma rotina rigorosa de exercícios físicos e uma dieta balanceada. Mas sua vida ainda não estava completa. Faltava jantar no restaurante Dorsia, um dos mais chiques e disputados de Nova York.

Para Bateman, o Dorsia era o símbolo máximo de *status* que alguém poderia ter. E, definitivamente, algo inacessível para ele – isso ficou claro após inúmeras tentativas fracassadas de conseguir uma reserva. Em uma das ligações, chegou a ser ridicularizado pelo atendente.

Foi por isso que o "psicopata americano" não se aguentou quando seu clone Paul Allen (Jared Leto) – eles tinham o mesmo gosto para roupas, óculos, corte de cabelo, tudo – contou que tinha um jantar marcado no Dorsia, em plena sexta-feira à noite. Bateman ficou com tanta raiva que não teve outra opção senão dar cabo do infeliz. Inveja mata.

SAIBA MAIS

Em 1900, a fabricante de pneus Michelin queria promover o turismo para o crescente mercado automobilístico e publicou um guia de referência de hotéis e restaurantes. Surgia, assim, o respeitado *Guia Michelin*, que classifica estabelecimentos com uma, duas ou três estrelas. Algo tão sério para alguns *chefs* que, em 2003, Bernard Loiseau se matou com o rumor de que seu restaurante perderia o *status* "três estrelas".

O ranking dos cinquenta melhores da revista inglesa *Restaurant* é outro lugar onde os *chefs* querem estar. O D.O.M., de Alex Atala, é o brasileiro que mais vezes apareceu na lista (oito vezes!), sendo o quarto lugar, em 2012, a melhor posição até agora.

E TEM TAMBÉM

Em **Curtindo a vida adoidado**, num belo dia de sol, Ferris Bueller (Matthew Broderick) matou aula e foi aproveitar a vida com os amigos Sloane (Mia Sara) e Cameron (Alan Ruck). Na hora do almoço, foram ao exclusivo restaurante Chez Quis. Mas, sem reserva, Ferris precisou inventar uma mentirinha para conseguir uma mesa. Disse ao *maître* que era Abe Froman, o rei da salsicha de Chicago. "Boom boom... Chicka--chicka!"

jantar — Frenesi { Frenzy } Alfred Hitchcock { 1972

A COZINHEIRA E A COBAIA

Não bastasse a tensão de investigar os crimes do "assassino da gravata", o inspetor Oxford (Alec McCowen) ainda tem de viver a emoção de provar as experiências culinárias de sua esposa. Enquanto a sra. Oxford (Vivien Merchant) serve o jantar, o policial vai contando o andamento do caso e tomando um drink para encarar o que vem pela frente.

Para começar, um caldo cheio de "ingredientes intrigantes": hadoque, linguado, enguia, galo-do-mar, sardinha e peixe-sapo. Pouco corajoso, e aproveitando a ida da mulher à cozinha, ele devolve à sopeira o que tem no prato. Na sequência, mais um gole, e o outro prato: codorna ao molho de uvas. Também não o convenceu, mas ele comeu. Tudo pela harmonia do casamento.

RECEITA — CODORNA AO MOLHO DE UVAS VERDES

• PORÇÃO **para 4 pessoas** • TEMPO **1 hora e 40 minutos** • DIFICULDADE **fácil**

INGREDIENTES
- 4 codornas
- 2 dentes de alho picados
- 1 cebola bem picada
- 250 ml de vinho branco
- Alecrim, sálvia, manjericão e sal a gosto
- 200 ml de azeite

MOLHO
- 200 g de manteiga
- 1 cebola cortada em quatro
- Canela em pó e cravo-da-índia a gosto
- 500 ml de vinho branco seco
- 100 g de geleia de pimenta
- 1 colher (sopa) de amido de milho
- 75 ml de água
- 300 g de uva verde sem semente

MODO DE PREPARO

Deixe as codornas marinando por 1 hora com o alho, a cebola, o vinho, as ervas e o sal.

Numa panela, aqueça o azeite e doure as codornas aos poucos, virando-as sempre para que fiquem por igual. Retire-as da panela e reserve.

Coloque a marinada na panela e deixe dourar os temperos, sem escurecer. Acrescente as codornas novamente, abaixe o fogo e deixe cozinhar até a carne ficar macia. Se precisar, adicione água aos poucos, com o fogo bem baixo.

MOLHO
Numa panela, doure a manteiga, a cebola, a canela e o cravo. Coloque o vinho e deixe ferver. Coe o molho e volte ao fogo baixo até reduzir pela metade. Junte a geleia e, se precisar engrossar, adicione o amido de milho dissolvido em água. Junte as uvas. Coloque o molho sobre as codornas e sirva.

jantar | Os fantasmas se divertem | Beetlejuice | Tim Burton | 1988

CHAMEM O BESOURO SUCO

Nem bem os mortos Adam (Alec Baldwin) e Barbara Maitland (Geena Davis) esfriaram e a casa deles foi logo tomada por outros moradores. Ainda apegados ao lar, tentaram de tudo para expulsá-los – inclusive embalar os vivos numa dança de calipso, ao som de *Day-O*, durante um jantar.

Camarões saíram das taças para assustar anfitriões e convidados. Não adiantou. Eles até gostaram.

O jeito, então, foi acionar o bioexorcista Beettlejuice (Michael Keaton) para se livrar dos novos proprietários.

RECEITA: COQUETEL DE CAMARÃO

• PORÇÃO **para 4 pessoas** • TEMPO **40 minutos** • DIFICULDADE **fácil**

INGREDIENTES
- 20 camarões grandes
- 1,5 l de água
- Sal a gosto
- 8 colheres (sopa) de maionese
- 8 colheres (sopa) de creme de leite
- 4 colheres (sopa) de ketchup
- 4 colheres (chá) de conhaque
- Gelo moído

MODO DE PREPARO

Limpe os camarões, preservando o rabo e retirando as tripas com um corte nas costas. Ferva a água com o sal e cozinhe os camarões por apenas 2 minutos. Escorra e deixe na geladeira cobertos com filme plástico.

Prepare o molho misturando a maionese, o creme de leite, o ketchup e o conhaque.

Na taça própria para coquetel de camarão, coloque o gelo moído, o molho e arrume os camarões (cinco por pessoa) na borda, com os rabos para fora.

jantar | Beleza americana | American beauty | Sam Mendes | 1999

ASPARGOS DA DISCÓRDIA

Aos 42 anos, Lester Burnham (Kevin Spacey) resolveu mudar de vida. Começou a fumar maconha, fazer musculação e paquerar a amiga da filha adolescente. Cansado de "vender a alma e o trabalho para o diabo", também mandou o chefe às favas, e se deu bem – tinha informações preciosas sobre gastos escusos da empresa. (Depois, acabou virando empregado de uma rede de *fast-food*. Queria a menor responsabilidade possível.)

Em casa, no jantar, ouviu poucas e boas da esposa Carolyn (Annette Bening), inconformada com a demissão. Sem reação, Jane (Thora Birch) acompanhou todo o bate-boca sobre a vida conjugal dos pais.

E como se as coisas já não estivessem difíceis, tudo piorou quando ninguém quis passar a travessa de aspargos para Lester. Precisou ele mesmo se levantar para buscá-la. Infelizmente, em meio à discussão, o prato acabou espatifado no chão depois de ter sido lançado contra a parede pelo chefe da família. Que desperdício!

DICA

Uma boa opção para acompanhar aspargos frescos preparados de qualquer maneira – no vapor, grelhados ou salteados – é uma manteiga de ervas finas.

Para prepará-la, coloque 300 g de manteiga sem sal dentro de uma tigela e amasse até amolecer. Junte o suco e as raspas de 1 limão e ervas frescas (alecrim, hortelã, estragão, salsinha, manjericão, tomilho) picadas. Misture bem até que as ervas sejam incorporadas e a manteiga fique cremosa.

Coloque a mistura sobre uma folha de papel-manteiga e enrole. Dobre as pontas para fechar o rolo e deixe na geladeira por pelo menos 1 hora antes de servir. Aí, é só cortar fatias de 2 mm e colocar sobre os aspargos ainda quentes.

jantar

Edward Mãos de Tesoura | Edward Scissorhands | Tim Burton | 1990

AFIAM-SE FACAS E TESOURAS

Foi só Edward (Johnny Depp) se mudar para a casa da família Boggs para a vizinhança querer contratar os serviços dele. As mãos habilidosas do novo hóspede eram talento puro para podas artísticas nas árvores, tosas pomposas nos cachorros e cortes de cabelo revolucionários nas mulheres do bairro.

Na cozinha, Edward era uma mão na roda. Picava vegetais, usava as garras como espeto de churrasco e fatiava o rosbife que era uma beleza. Tudo bem que usava as mesmas lâminas para tudo. Mas como exigir que o jovem frankenstein tivesse noções de segurança alimentar?

RECEITA — ROSBIFE ASSADO

- PORÇÃO **para 4 pessoas**   TEMPO **3 horas e 20 minutos**
- DIFICULDADE **fácil**

INGREDIENTES
- 500 g de filé-mignon ou lagarto limpo
- ½ garrafa de vinho tinto
- ½ cebola bem picada
- 2 dentes de alho picados
- 10 grãos de pimenta-do-reino preta
- 1 ramo de tomilho
- 1 ramo de alecrim
- Sal e pimenta-do-reino branca a gosto
- 1 colher (sopa) de azeite
- 3 colheres (sopa) de manteiga

MODO DE PREPARO

Deixe a carne para marinar por 3 horas com o vinho, a cebola, o alho, a pimenta-do-reino preta em grãos, o tomilho e o alecrim. Retire a carne da marinada, seque-a levemente e tempere-a com sal e pimenta-do-reino branca.

Doure a carne em panela de ferro quentíssima com azeite e manteiga e complete a cocção no forno de 5 a 10 minutos. Fatie o rosbife e sirva.

Sugestão de acompanhamento: figos, salada verde e *chutney* de cebola.

jantar | Quero ficar com Polly | Along came Polly | John Hamburg | 2004

UMA RELAÇÃO APIMENTADA

Para o analista de risco Reuben Feffer (Ben Stiller), vive perigosamente quem come amendoim de uma dessas tigelas em que todo mundo põe a mão no balcão de um bar. Homem prevenido, não entende como alguém pode ignorar que aquilo é um verdadeiro "viveiro de bactérias".

Mas aí ele se apaixonou pela excêntrica garçonete Polly Prince (Jennifer Aniston), que não via problema algum em pegar algo do chão para comer, e teve que rever alguns conceitos. Por ela, também se submeteu aos efeitos de exóticos jantares marroquinos e indianos.

É bom registrar que Reuben e a comida picante nunca foram exatamente amigos. Ah, o amor.

E TEM TAMBÉM

Na série **Modern family**, em "Starry night" (temporada 1, episódio 18), Cameron (Eric Stonestreet) e Gloria (Sofía Vergara) resolvem ser melhores amigos e vão juntos a um restaurante latino. Empolgado, Cam pede o mesmo prato que a colombiana: *carnitas diablos*. Mas, despreparado para tanta pimenta, acaba passando mal.

RECEITA

CARNEIRO MARROQUINO

- PORÇÃO **para 4 pessoas**
- TEMPO **50 minutos**
- DIFICULDADE **fácil**

INGREDIENTES
- 2 colheres (sopa) de azeite
- 350 g de carne de carneiro em cubos
- 100 g de cebola em cubos
- 2 dentes de alho picadinhos
- 1 baga de cardamomo
- 1 pitada de noz-moscada
- 1 pitada de pimenta-do-reino
- 1 pitada de cravo em pó
- 1 pitada de canela
- 1 envelope de açafrão
- 1 colher (sobremesa) de alecrim fresco picado
- 150 g de tomate sem pele em cubos
- 700 ml de água
- Sal e coentro picado a gosto

MODO DE PREPARO

Numa panela funda, coloque o azeite e aqueça. Junte o carneiro cortado em cubos e a cebola e refogue, sem dourar.

Adicione um pouco de sal, o alho, as ervas e especiarias e refogue por mais 5 minutos.

Adicione o tomate e torne a refogar. Acrescente a água e cozinhe por aproximadamente 40 minutos, ou até que a carne esteja bem macia. Acerte o sal e salpique o coentro.

Sirva com arroz ou cuscuz.

jantar

Uma vida iluminada | Everything is illuminated | Liev Schreiber | 2005

AO VEGETARIANO, AS BATATAS

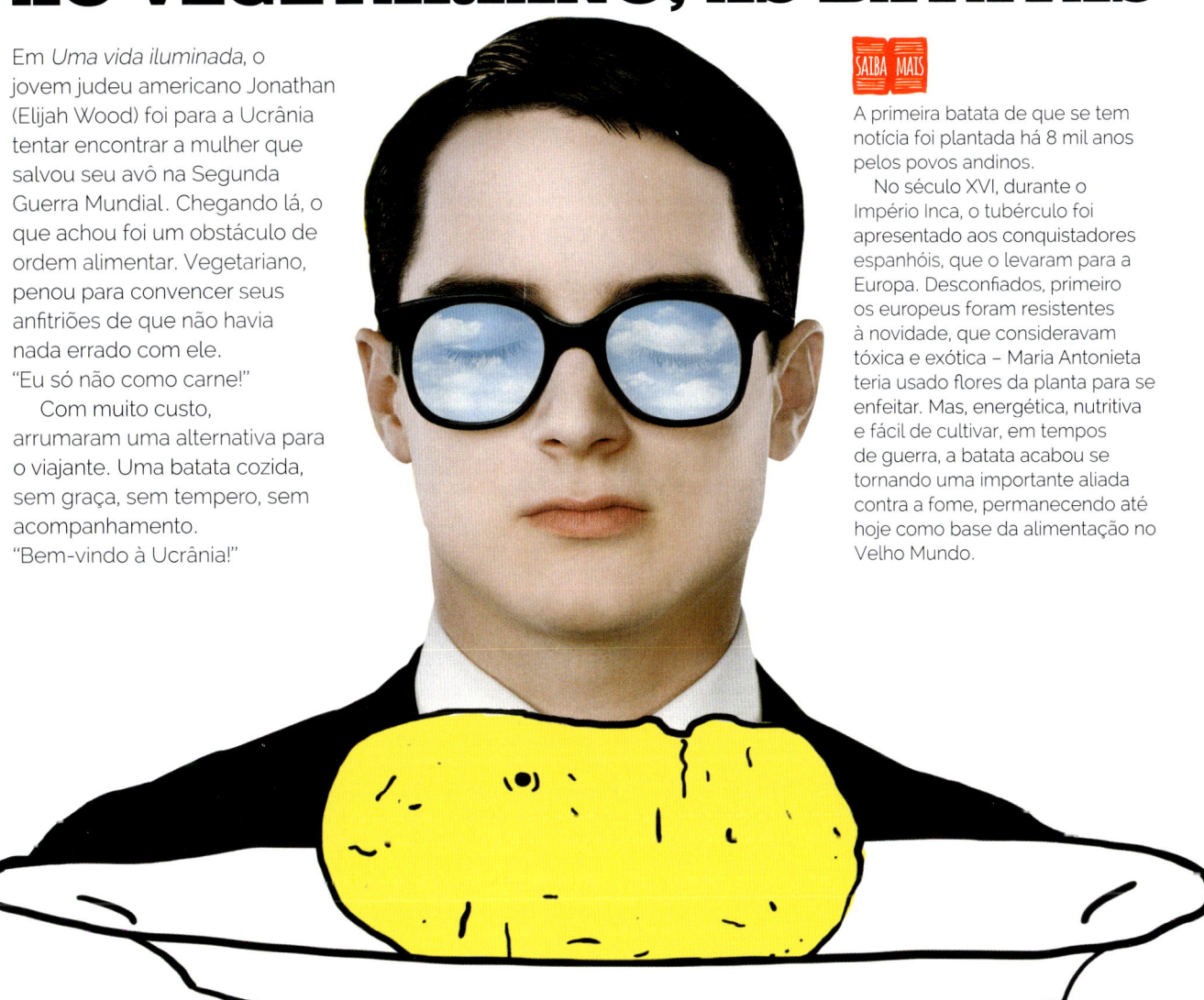

Em *Uma vida iluminada*, o jovem judeu americano Jonathan (Elijah Wood) foi para a Ucrânia tentar encontrar a mulher que salvou seu avô na Segunda Guerra Mundial. Chegando lá, o que achou foi um obstáculo de ordem alimentar. Vegetariano, penou para convencer seus anfitriões de que não havia nada errado com ele.
"Eu só não como carne!"

Com muito custo, arrumaram uma alternativa para o viajante. Uma batata cozida, sem graça, sem tempero, sem acompanhamento.
"Bem-vindo à Ucrânia!"

SAIBA MAIS

A primeira batata de que se tem notícia foi plantada há 8 mil anos pelos povos andinos.

No século XVI, durante o Império Inca, o tubérculo foi apresentado aos conquistadores espanhóis, que o levaram para a Europa. Desconfiados, primeiro os europeus foram resistentes à novidade, que consideravam tóxica e exótica – Maria Antonieta teria usado flores da planta para se enfeitar. Mas, energética, nutritiva e fácil de cultivar, em tempos de guerra, a batata acabou se tornando uma importante aliada contra a fome, permanecendo até hoje como base da alimentação no Velho Mundo.

jantar | Um conto chinês | Un cuento chino | Sebastián Borensztein | 2011

DELIVERY DA CONCILIAÇÃO

Um anfitrião que se preze deve apresentar a seu hóspede as maravilhas gastronômicas de seu país. E, nesse quesito, o rabugento Roberto (Ricardo Darín) não decepcionou. Alimentou o pobre coitado chinês Jun (Ignacio Huang) com o melhor da cozinha portenha: *morcilla* ("puro ferro, vaca argentina, nada de vaca louca"); *criadilla* (testículo – de boi, no caso); *puchero*, cozido cheio de ingredientes no diminutivo (abobrinha, batatinha, franguinho), e, na hora da despedida, o doce de leite mais gostoso do mundo.

Mas pediram também *delivery* de comida chinesa. Menos para fazer o visitante se sentir em casa e mais para que pudessem se entender. No desespero, até o entregador foi convidado à mesa para servir de tradutor.

SAIBA MAIS

Na China, a filosofia do yin e yang – ou seja, o equilíbrio entre as forças opostas do universo, que se entrelaçam num círculo e dependem uma da outra – também se aplica à culinária. É por isso que os chineses veem a comida de forma muito mais abrangente do que os ocidentais, e sempre associada à medicina. Na prática, isso significa harmonizar, por exemplo, alimentos claros e escuros, doces e salgados, macios e crocantes, combinando os dois polos da energia vital em justa proporção.

E TEM TAMBÉM

Na série **The Big Bang Theory**, comida chinesa é, sem dúvida, o prato preferido de todos. Em "The tangerine factor" (temporada 1, episódio 17), Sheldon Cooper (Jim Parsons) aprende a falar mandarim para confrontar o restaurante chinês sobre sua suspeita de estar comprando laranja por tangerina. Mais sensato, Leonard Hofstadster (Johnny Galecki) diz: "Eu estaria mais preocupado com o que eles vendem como frango".

jantar

Matrix | *The Matrix* | *Andy Wachowski, Lana Wachowski* | *1999*

COMIDA DOS SONHOS

A vida é feita de escolhas. Neo (Keanu Reeves) escolheu a verdade da pílula vermelha; Cypher (Joe Pantoliano) quis se enganar e comer um bifão. Ele sabia que aquela carne suculenta e deliciosa não existia na vida real, mas preferiu a mentira – além de dinheiro e uma carreira de ator na Matrix – a comer a proteína unicelular combinada com aminoácidos, vitaminas e minerais sintéticos de todo dia.

A Matrix pode até ser um mundo dos sonhos gerado por computador para que a verdade não seja vista, mas, como disse o próprio Cypher, "a ignorância é uma maravilha". Bom apetite.

DICA

Para fazer um bom bife é preciso conhecer o boi. São 21 cortes possíveis e, só para o filé-mignon, mais cinco possibilidades. Tudo depende do tamanho e peso do pedaço. Começando pela cabeça da peça, o *chateaubriand* é o maior (400 a 450 g). Depois tem o *tournedo* (200 a 250 g), grande ainda. Aí vem o medalhão (90 a 110 g) e o *escalope* (60 a 70 g). Por último, tem o *emincé*, que é o corte para a ponta do filé-mignon. Pode ser em cubos ou tiras, e serve para estrogonofe e iscas salteadas.

jantar | Indiana Jones e o Templo da Perdição | Indiana Jones and the Temple of Doom | Steven Spielberg | 1984

MACAQUICES À MESA

Assim que chegou à Índia, Indiana Jones (Harrison Ford) soube que crianças estavam sendo escravizadas, que pedras preciosas haviam sido roubadas, e que ele precisaria dar um jeito nisso tudo. Emoção demais para um arqueólogo? Nada disso. Tinha coisa pior.

Com a cantora Willie Scott (Kate Capshaw) e o menino Short Round (Jonathan Ke Quan), Indy teve de engolir um cardápio, no mínimo, inusitado em um jantar no palácio do marajá local: besouros, cobras vivas, sopa de olhos e cérebros frescos de macaco para a sobremesa. Haja coragem.

SAIBA MAIS

O costume de alguns povos africanos de comer miolos de primatas – eles acreditam que se tornam mais inteligentes assim – pode revirar muito estômago por aí. Mas gosto e cultura não se discutem. E a verdade é que não é preciso ir muito longe para estranhar o fato de que algumas partes do boi e da galinha são, sim, comestíveis.

Aqui no Brasil, língua, tripa, testículo, fígado, moela, bochecha e rabo de boi ainda causam repulsa em muita gente. Mas, se bem preparados e apresentados, podem ficar muito saborosos. Experimente!

| jantar | Monty Python – O sentido da vida | The meaning of life | Terry Jones e Terry Gilliam | 1983 |

O HOMEM QUE COMIA DEMAIS

Na coleção de esquetes criados pelo grupo Monty Python para descobrir *O sentido da vida*, um dos muitos personagens excêntricos retratados é o sr. Creosote (Terry Jones), um homem guloso. Tão guloso que não cabia em seu próprio corpo enorme de gordo.

Ele gostava de frequentar um restaurante francês, onde era chamado pelo nome e recebido com um balde – tinha de vomitar antes de recomeçar a comilança. E fazia isso ali mesmo, sem pudor, no salão do restaurante, entre os outros comensais.

Certa noite, o garçom (John Cleese) apresentou ao sr. Creosote as opções do menu, e ele disse que ia querer todas. Tudo misturado num balde. Com ovos em cima. E sem economizar no patê de *foie gras*. "Mais um balde e a mulher da limpeza."

Ao final da refeição, relutante, aceitou um chocolatinho para arrematar. Triste escolha. Acabou explodindo, deixando coração e costelas à mostra. Certamente, não era esse o sentido da vida.

DICA

Comeu demais? Tome um chá quente. Pode ser verde, de boldo, espinheira santa, hortelã, camomila, erva-doce. O que importa é não errar no preparo da infusão. Coloque água no fogo e apague antes de ferver, assim que aparecerem as primeiras bolhas. Depois, verta a água sobre as folhas, flores ou frutos e abafe a xícara por uns 5 minutos. Coe e pronto!

E TEM TAMBÉM

Em ***Se7en – Os sete crimes capitais***, os detetives David Mills (Brad Pitt) e William Somerset (Morgan Freeman) foram destacados para investigar barbaridades de um *serial killer* motivado pelos sete pecados capitais. Na cena do primeiro assassinato – uma representação do pecado da gula –, encontraram um homem imensamente gordo amarrado. O glutão tinha sido obrigado a comer até a morte.

E TEM TAMBÉM

Em ***Conta comigo***, o gordinho Bola de Sebo (Andy Lindberg) armou um plano para se vingar do *bullying*. Tomou óleo de mamona, comeu um ovo cru e foi participar de um concurso para eleger o maior comedor de tortas. De repente, um ruído no estômago, e o pior aconteceu: ele colocou tudo para fora, gerando uma onda de vômitos na plateia. Missão cumprida: "um vomitorama completo e total".

E TEM TAMBÉM

Em ***A comilança***, o piloto Marcello (Marcello Mastroianni), o jornalista Michel (Michel Piccoli), o chef Ugo (Ugo Tognazzi) e o juíz Philippe (Philippe Noiret) – todos homens de respeito – decidem se enclausurar em uma mansão para cumprir um desafio: se matar de comer – literalmente. Um clássico do cinema italiano e da gastronomia escatológica.

tranqueiras

tranqueiras | Lost | Lost | J.J. Abrams, Jeffrey Lieber, Damon Lindelof | 2004-2010

DESPENSA CHEIA

Foram necessários 46 dias para que os sobreviventes do voo 815 da Oceanic descobrissem um monte de comida enlatada Dharma na ilha em que estavam perdidos. Tanta fartura estava escondida numa escotilha – com luz e água encanada! – que o grupo achou no meio da selva. Para inventariar tudo e fazer a provisão durar, em "Everybody hates Hugo" (temporada 2, episódio 4), escolheram logo o guloso Hugo "Hurley" Reyes (Jorge Garcia) para essa função. Pobre Hurley.

Batata frita, manteiga de amendoim, chocolate, bala. Tinha guloseima suficiente para agradar a todos. Para quem estava vivendo há quase dois meses em busca de frutas, peixes e javalis para comer, os industrializados Dharma até que vieram bem a calhar.

E TEM TAMBÉM

Na série **Os Simpsons**, o pai de família, Homer Simpsons, se alimenta basicamente de *donuts* e cerveja Duff. A cerveja, aliás, saiu da TV e está à venda nos supermercados.

SAIBA MAIS

A comida enlatada foi criada na França revolucionária do século XIX, a pedido de Napoleão Bonaparte, que queria aumentar a validade dos alimentos para consumo de seus soldados no *front*. O método de conserva foi então desenvolvido pelo cozinheiro Nicolas Appert, que aquecia os alimentos guardados em vasilhames de vidro fechados e esterilizados. Com a evolução do processo, o vidro foi substituído por embalagens de metal.

tranqueiras | Um dia de fúria | Falling down | Joel Schumacher | 1993

O CLIENTE SEMPRE TEM RAZÃO

Era para ser só um café da manhã. Mas a falta de tato do gerente do estabelecimento, que se recusou a atender ao pedido do perturbado William "D-Fens" Foster (Michael Douglas), nem cinco minutos após o fim do tempo regulamentar do café, quase colocou tudo a perder.

Depois de sacar uma metralhadora e causar pânico nos outros clientes, William resolveu almoçar. Pediu então um hambúrguer duplo com queijo. Péssima ideia. Em vez de "macio, com 5 cm de altura", como na foto do menu, o sanduíche era uma "coisa triste, magra e miserável".

Com tudo tão errado, que ninguém se atreva a dizer que cara feia é fome.

E TEM TAMBÉM

Em **Um príncipe em Nova York**, um maluco (Samuel L. Jackson) decide assaltar um McDowell's exatamente quando o príncipe Akeem (Eddie Murphy) estagiava por lá. Bem que a realeza tenta convencer o malandro a largar a arma. Mas ele não cede e acaba levando uma boa lambada do herdeiro do trono de Zamunda.

RECEITA

HAMBÚRGUER
- PORÇÃO **para 3 pessoas**
- TEMPO **20 minutos** • DIFICULDADE **fácil**

INGREDIENTES
- 450 g de carne moída (patinho ou fraldinha)
- Sal e pimenta-do-reino a gosto
- Azeite

MODO DE PREPARO
Divida a carne em três bolas (150 g cada) e achate-as, formando o hambúrguer. Amasse o meio para que não fique abaulado depois de pronto. Tempere generosamente com sal e pimenta-do-reino, dos dois lados.

Espalhe azeite numa frigideira grande e antiaderente. Leve ao fogo alto. Quando a frigideira estiver bem quente, coloque o hambúrguer para grelhar até ficar no ponto desejado. Tampe para ajudar no cozimento e evitar aquela fumaceira. Nunca aperte o hambúrguer na frigideira para que a carne não perca os sucos.

Ah! No último minuto, coloque o queijo de sua preferência e tampe novamente. Sirva com pão de hambúrguer quentinho.

tranqueiras | How I met your mother | How I met your mother | Carter Bays, Craig Thomas | 2005-

O HAMBÚRGUER INESQUECÍVEL

Oito anos se passaram, mas Marshall Eriksen (Jason Segel) nunca se esqueceu do primeiro hambúrguer que comeu quando chegou a Nova York, na "menor lanchonete já vista, enfiada entre um taxidermista e uma livraria pornô".

Em "The best burger in New York" (temporada 4, episódio 2), desenganado pela expansão imobiliária da Big Apple, o advogado penou até conseguir reencontrar o que era, para ele, o melhor hambúrguer da cidade. Mas a cruzada não valeu a pena só para Marshall. Extasiada com o achado gastronômico do marido, Lily Aldrin (Alyson Hannigan) teve um "burgasmo" em plena lanchonete.

SAIBA MAIS

O sanduíche de hambúrguer surgiu com a industrialização nos Estados Unidos, no final do século XIX. Com as fábricas operando sem parar, carroças de comida encontraram um bom filão de mercado: alimentar os trabalhadores do turno da noite. E, uma vez que muitos operários comiam em pé, colocar no pão o bife de Hamburgo – bolinho de carne levado para os Estados Unidos pelos imigrantes alemães – era bem mais prático. Em 1890, o "hambúrguer" já tinha se tornado um clássico norte-americano.

E TEM TAMBÉM

Em "Hot off the grill" (temporada 4, episódio 1), da série **Um amor de família**, Al Bundy (Ed O'Neill) inventa sua própria receita de hambúrguer, que acaba fazendo o maior sucesso na vizinhança. Depois acaba revelando que o segredo do "Bundy Burger" está na sujeira da grelha: "Cinzas do passado para hambúrgueres do futuro".

o melhor hambúrguer de Nova York segundo Marshall Eriksen

"A primeira mordida é o céu. O pão, como o peito de um anjo com sardas de gergelim, descansando gentilmente no ketchup e na mostarda. Sabores misturados em um atraente *pas de deux*. E então, picles. O picles mais prazeroso, uma fatia de tomate, uma folha de alface e um hambúrguer tão perfeito rodando pela boca, se partindo e recombinando em uma união de doces e sabores tão deliciosos. Isso não é hambúrguer de carne grelhada e pão tostado. Isso é Deus falando conosco por meio da comida."

tranqueiras | Pulp fiction – Tempo de violência | Pulp fiction | Quentin Tarantino | 1994

SOMMELIER DE MILK-SHAKE

Além de dançar bem e matar pessoas por aí, o assassino profissional Vincent Vega (John Travolta) é louco por *junk food*. A caminho de uma missão, ele revelou para o parceiro Jules Winnfield (Samuel L. Jackson) algumas curiosidades gastronômicas do tempo que passou na Europa.

Espantou-se, por exemplo, com o hábito dos holandeses de mergulharem a batata frita na maionese, e não no ketchup. E também com o fato de o quarteirão com queijo ser chamado pelos franceses de "royale com queijo". "Eles usam o sistema métrico. Não entendem o que é um quarteirão", explicou o sabichão.

Mais tarde, no Jack Rabbit Slim's, não resistiu ao *milk-shake* de baunilha, mesmo achando um abuso alguém cobrar cinco dólares pela bebida. Fez bem. Naquela noite, dançou como nunca.

RECEITA

MILK-SHAKE DE BAUNILHA

- RENDIMENTO **2 porções** • TEMPO **5 minutos**
- DIFICULDADE **fácil**

INGREDIENTES
- 1 fava de baunilha
- 500 g de creme de leite integral
- 3 bolas de sorvete de baunilha
- 1 colher (sopa) de leite em pó maltado
- Chantili a gosto para decorar

MODO DE PREPARO
Faça um corte longitudinal na fava de baunilha. Delicadamente, passe uma faquinha pela sua extensão e raspe as sementes. Junte-as aos outros ingredientes e bata tudo no liquidificador. Sirva em um copo de *milk-shake* e decore com chantili.

tranqueiras | Quando os jovens se tornam adultos | *Diner* | Barry Levinson | 1982

SEMPRE TEREMOS O DINER

Baltimore, 1959. Os amigos inseparáveis Edward "Eddie" Simmons (Steve Guttemberg), Laurence "Shrevie" Schreiber (Daniel Stern), Robert "Boogie" Sheftell (Mickey Rourke), Timothy Fenwick Jr. (Kevin Bacon) e William "Billy" Howard (Timothy Dale) passam boa parte do tempo no Fells Point Diner. Um lugar "sagrado" onde, entre sanduíches, batatas fritas e muito café, eles falam sobre coisas de meninos em seus últimos dias antes de se tornarem adultos.

Numa noite qualquer, enquanto a responsabilidade não vem, os cinco observam um cliente comer. Earl Mager (Mark Margolis) tem um objetivo pessoal, lento e solitário: conquistar o lado esquerdo do menu – e pede tudo de uma vez. Comeu 22 sanduíches *deluxe* mais frango frito. A gulodice triunfou.

Em tempo: segundo a revista *Vanity Fair*, foi nesse filme de Barry Levinson que surgiu o conceito do "nada", popularizado anos depois na série **Seinfeld**.

RECEITA
CLUB SANDWICH
• PORÇÃO **para 1 pessoa** • TEMPO **15 minutos** • DIFICULDADE **fácil**

INGREDIENTES
- 4 fatias de bacon
- 1 tomate cortado em rodelas
- 2 colheres (sopa) de maionese
- 3 fatias de pão de forma
- 2 folhas de alface americana
- 6 fatias de peito de peru
- 2 fatias de presunto

MODO DE PREPARO

Aqueça uma frigideira antiaderente e coloque as fatias de bacon. Frite-as dos dois lados até que fiquem crocantes. Transfira-as para um prato com papel toalha e reserve.

Corte o tomate. Passe maionese sobre duas fatias de pão. Sobre uma delas, coloque uma folha de alface, o peito de peru e uma fatia de presunto. Em seguida, passe maionese nos dois lados da fatia de pão restante e adicione-a ao sanduíche. Depois, cubra essa camada com a outra fatia de presunto, a outra folha de alface, as rodelas de tomate e as fatias de bacon. Finalize com a última fatia de pão com maionese.

Corte o sanduíche ao meio (em diagonal), e, depois, cada metade ao meio novamente. Coloque um palito em cada pedaço para não desmontar. Sirva com batatas fritas.

tranqueiras | Breaking bad | Breaking bad | Vince Gilligan | 2008-13

FRANGO FRITO DE FACHADA

A especialidade da cozinha de Walter "Heisenberg" White (Bryan Cranston), na série Breaking bad, não tem nada a ver com qualquer tipo de comida. O negócio do ex-professor de química é "cozinhar" metanfetamina.

Em parceria com o ex-aluno Jesse Pinkman (Aaron Paul), "Heisenberg" só fez contribuir para a fortuna do chefão do tráfico, o poderoso empresário Gus Fring (Giancarlo Esposito), dono da rede de *fast-food* Los Pollos Hermanos. O frango frito até existe, é legítimo, mas o que dá retorno mesmo é o "talento culinário" de "Heisenberg".

TEM LAMBE

Em *Pequena Miss Sunshine*, Edwin Hoover (Alan Arkin), o avô de Olive (Abigail Breslin), não aguenta quando chega à mesa para jantar e dá de cara com o balde de frango frito: "Toda noite é esse f*#@%$ frango!".

RECEITA

FRANGO FRITO
- PORÇÃO **para 6 pessoas**
- TEMPO **1 hora e 10 minutos**
- DIFICULDADE **fácil**

INGREDIENTES
- 12 coxas/sobrecoxas de frango
- Alho, sal e pimenta vermelha (amassados, formando uma pasta)
- 1 kg de farinha temperada com sal e pimenta calabresa
- 4 ovos batidos com um pouco de água
- ½ kg de farinha de milho amarela (triturada grosseiramente)
- 400 g de cereal de milho (triturado no liquidificador)
- Óleo suficiente para cobrir o frango durante a fritura

MODO DE PREPARO

Tempere os pedaços de frango, em temperatura ambiente, com a pasta feita com alho, sal e pimenta vermelha. Deixe descansar por 30 minutos.

Em seguida, passe o frango na farinha temperada, retirando o excesso e, depois, nos ovos batidos com água.

A seguir, empane o frango com a farinha de milho, apertando bem com as mãos para fixar. Deixe descansar por 10 minutos. Retire o excesso de farinha de milho e passe novamente nos ovos batidos. Deixe descansar por mais 10 minutos.

Empane o frango com o cereal de milho, também apertando com as mãos para fixar e deixe descansar mais 10 minutos.

Depois disso, frite dois ou três pedaços de cada vez para não baixar a temperatura do óleo, que deve estar em mais ou menos 140 ºC.

Retire os pedaços de frango do óleo, coloque em um prato com papel toalha para absorver o excesso de gordura e sirva.

doces

doces | Friends | Friends | David Crane e Marta Kauffman | 1994-2004

AQUELE COM A SOBREMESA COM NOTAS DE CHULÉ

Quando não estavam no Central Perk tomando café, os *Friends* se alimentavam com a comida de Monica (Courtney Cox). Foi assim durante os dez anos da série. E era no Dia de Ação de Graças que ela caprichava. Só teve uma vez, em "The one where Ross got high" (temporada 6, episódio 9), que a *chef* deixou Rachel (Jennifer Aniston) preparar a sobremesa. Uma catástrofe anunciada.

Enquanto a inexperiente cozinheira montava o *English trifle*, uma espécie de pavê, Ross (David Schwimmer) e Joey (Matt LeBlanc) estranharam a carne e as ervilhas entre as camadas do doce. Então Ross descobriu: as páginas da revista de onde a amiga copiava os ingredientes estavam coladas, e ela acabou misturando uma receita com outra, de *Shepherd's pie* – uma torta salgada de carne com purê de batata.

Com dó, decidiram não alertá-la sobre a confusão e comer tudo. Mas a farsa durou pouco – ninguém conseguiu engolir "aquilo". Ou quase ninguém. Saco sem fundo, Joey fez as honras e deu cabo da sobremesa inteira. Para ele, o que poderia estar errado ali? "Creme, bom. Geleia, boa. Carne, boa." Deus abençoe.

aqueles outros com comida

Em "The one with the two parties" (temporada 2, episódio 22), a aniversariante Rachel sofria com a separação dos pais e a extravagância de Monica no preparo do cardápio da festa – a *chef* queria empurrar salmão escaldado para uma galera que pedia pizza. E mais: um flã no lugar do tradicional bolo. Ninguém merece.

Em "The one with Phoebe's cookies" (temporada 7, episódio 3), Monica queria aprender a fazer os famosos *cookies* da avó de Phoebe (Lisa Kudrow). Demorou até descobrirem que se tratava da receita de *cookies* da Nestlé. Enquanto isso, no barco, Joey brigava com Rachel, que estava desperdiçando um bom pastrami.

Em "The one with all the cheesecakes" (temporada 7, episódio 11), Chandler (Matthew Perry) e Rachel devoraram um *cheesecake* entregue por engano na casa dele. O erro se repetiu por outros dias, e eles não resistiram: comeram todas. Na disputa pelo maior pedaço, chegaram a lamber do chão o que sobrou da torta.

Em "The one with the birth mother" (temporada 10, episódio 9), Joey passou maus bocados num jantar que tinha tudo para ser romântico. Não fosse a moça ficar pegando as batatas fritas do prato dele sem pedir, talvez o final da noite tivesse sido outro. Ela deveria saber que o Joey não divide a comida com ninguém.

RECEITA: TRIFLE DE BANANA E DOCE DE LEITE

• **PORÇÃO** para 6 pessoas • **TEMPO** 30 minutos • **DIFICULDADE** fácil

INGREDIENTES

CREME
- 2 xícaras (chá) de leite
- 1 colher (sopa) de açúcar
- 3 colheres (sobremesa) de amido de milho
- 1 colher (chá) de essência de baunilha
- 2 gemas

MONTAGEM
- 400 g de biscoito champanhe
- 200 g de doce de leite
- 4 bananas em rodelas

MODO DE PREPARO

CREME
Misture todos os ingredientes do creme e bata no liquidificador. Depois, leve ao fogo até engrossar. Reserve coberto com filme plástico, que deve encostar no creme para não formar película.

MONTAGEM
Escolha um recipiente de vidro (tipo taça), intercale camadas de biscoito champanhe, creme, doce de leite e bananas. Repita as camadas. Sirva frio.

doces | A fantástica fábrica de chocolate | Willy Wonka and the chocolate factory | Mel Stuart | 1971

UM CONFEITEIRO BEM MALUCO

Todo mundo queria saber quem ajudava o biruta e recluso Willy Wonka (Gene Wilder) a fazer todos aqueles chocolates deliciosos. Mas apenas o fofo Charlie Bucket (Peter Ostrum) e outras quatro crianças – todas mimadas – tiveram essa revelação. Eles tiraram a sorte grande e ganharam o bilhete dourado para entrar no império mais doce do mundo.

Lá conheceram os oompa loompas, responsáveis pela produção e trilha musical da fábrica. Também encontraram pequenas surpresas por todos os cantos, como uma cachoeira de chocolate e o protótipo de uma balinha interminável. Uma aventura inesquecível para a criançada com algumas pequenas lições de moral do tio Willy para a maioria e um presentão de herança só para o mais puro de todos.

Em tempo: em 2005, o filme ganhou uma versão do diretor Tim Burton, com Johnny Depp no papel do excêntrico confeiteiro.

SAIBA MAIS

É preciso ficar atento para saber se o chocolate que se come é de verdade ou "tipo chocolate". Muito do que é vendido por aí não tem a composição mínima necessária para ser considerado chocolate. O verdadeiro deve ser produzido a partir da mistura de derivados de cacau, massa (em pasta ou licor) de cacau, cacau em pó e/ou manteiga de cacau, com outros ingredientes, contendo, no mínimo, 25% de sólidos totais de cacau. A fórmula exata varia de acordo com o gosto e a legislação de cada país. O *fake* contém altas quantidades de açúcar e gordura, sem cumprir com o mínimo de cacau exigido.

E TEM TAMBÉM

Em **Chocolate**, Vianne Rocher (Juliette Binoche), recém-chegada a uma pequena vila francesa com sua filha, abre uma loja exótica de chocolates e acaba mexendo com a comunidade local. Mas a culpa não é dela. Os maias já sabiam há muito tempo que o chocolate tinha o poder de liberar desejos.

E TEM TAMBÉM

Em **Os Goonies**, o mal diagramado Sloth (John Matuszak) baba por um bolo de chocolate que está sendo preparado na TV e fica cheio de desejo. Tentando uma aproximação com o menos bonito dos irmãos Fratelli, o gorducho Chunk (Jeff Cohen) oferece uma barrinha para ele. Pena que o garoto erra a mira e acerta a cabeça do coitado do Sloth, que, você sabe, só queria chocolate.

E TEM TAMBÉM

Na animação **Mary & Max**, a menina australiana Mary e o homem americano Max se tornam amigos por correspondência. Entre curiosidades e lamúrias, eles falam sobre uma paixão em comum: chocolate. E Max conta sobre o gosto... diferente por cachorro-quente de chocolate.

RECEITA

TRUFA DE CHOCOLATE
- PORÇÃO **30 unidades** • TEMPO **30 minutos**
- DIFICULDADE **fácil**

INGREDIENTES
- 1 lata de creme de leite sem soro
- 360 g de chocolate (50% de cacau) picado
- 2 xícaras (chá) de cacau em pó
- 100 g de manteiga em temperatura ambiente
- 2 colheres (sopa) de conhaque ou uísque

MODO DE PREPARO
Aqueça o creme de leite em banho-maria. Acrescente o chocolate picado, mexendo até obter uma pasta homogênea. Retire do banho-maria e junte uma xícara do cacau em pó. Adicione a manteiga e o conhaque, incorpore tudo e leve à geladeira por 24 horas.

Depois faça bolinhas e passe no restante do cacau em pó.

doces

Um lugar chamado Notting Hill { Notting Hill { Roger Michell { 1999

BELEZA NÃO SE PÕE À MESA

Num jantar entre amigos "normais", a famosa atriz Anna Scott (Julia Roberts) quase fica sem comer. Vegetariana, primeiro teve de dispensar a galinha-d'angola como prato principal.

Depois, precisou apelar para a história da sua vida para tentar faturar o último pedaço de *brownie* da mesa. Contou que vivia de dieta desde os 19 anos e, por isso, fazia uma década que passava fome. Como se não bastasse, choramingou os fatos de sempre aparecer nos jornais quando termina um relacionamento, de ter apanhado de um ex-namorado e de ter precisado de duas cirurgias plásticas para ficar bonita.

O discurso até comoveu, mas não convenceu e ela acabou perdendo a disputa. Estrela de Hollywood sofre.

RECEITA: BROWNIE

- PORÇÃO **12 unidades** • TEMPO **40 minutos** • DIFICULDADE **fácil**

INGREDIENTES

- 125 g de chocolate meio amargo
- 110 g de manteiga mais o suficiente para untar
- 2 ovos
- 95 g de açúcar
- 40 g de farinha mais o suficiente para untar
- ½ colher (chá) de fermento em pó
- 120 g de nozes picadas

MODO DE PREPARO

Derreta o chocolate em banho-maria e acrescente a manteiga. Separadamente, misture os ovos com o açúcar e adicione a farinha e o fermento peneirados. Junte o chocolate derretido e as nozes picadas.

Unte uma forma retangular ou quadrada com manteiga e farinha. A massa deve ter, no máximo, 2 cm de altura.

Leve ao forno a 180 °C por 20 minutos ou até a cobertura ficar mais clara e crocante do que o recheio, que deve estar escuro e úmido. Corte em quadrados para servir.

doces | Mais estranho que a ficção | Stranger than fiction | Marc Foster | 2006

FAÇA COOKIES, NÃO FAÇA GUERRA

Ana Pascal (Maggie Gyllenhaal) era estudante de direito quando decidiu que, se era para fazer do mundo um lugar melhor, ela faria isso com *cookies*.

Anos mais tarde, amoleceu o coração do metódico auditor do fisco Harold Crick (Will Ferrel) com um prato cheio de seus biscoitos com gotas de chocolate, um copo de leite e uma ordem: "Pegue o *cookie*, mergulhe no leite e coma". E quem pode dizer que o mundo dele não ficou bem melhor?

RECEITA

COOKIES

- PORÇÃO **20 unidades** • TEMPO **45 minutos**
- DIFICULDADE **fácil**

INGREDIENTES
- 235 g de farinha
- 100 g de chocolate em pó
- 170 g de manteiga
- 360 g de açúcar
- 1 colher (chá) de sal
- 2 ovos
- 100 g de nozes
- 280 g de chocolate meio amargo picado

MODO DE PREPARO

Misture a farinha e o chocolate em pó peneirados com a manteiga gelada até formar uma farofa. Junte o açúcar, o sal, os ovos, as nozes picadas, e, por último, o chocolate picado. (Coloque o chocolate picado no freezer e junte à massa depois de bem frio.)

Divida a massa em duas partes e faça dois *boudins* (formato de uma cobra) de 3 cm de diâmetro cada e enrole no filme plástico. Coloque na geladeira para endurecer e depois corte em fatias de 1 cm de largura.

Asse sobre papel-manteiga, a 160 °C/180 °C, por cerca de 15 a 20 minutos, deixando um espaço de 2 cm entre as fatias. Só desenforme depois que os *cookies* estiverem frios.

doces | Simplesmente complicado { It's complicated } Nancy Meyers | 2009

CROISSANT DE CHOCOLATE

RECEITA
- PORÇÃO **30 unidades** • TEMPO **2 horas e 30 minutos**
- DIFICULDADE **vai dar trabalho!**

INGREDIENTES

- 400 g de margarina especial para *croissant*
- 50 g de fermento fresco
- 70 g de açúcar
- 550 ml de água
- 1 kg de farinha
- 100 g de margarina comum
- 1 ovo
- 30 g de leite em pó
- 25 g de sal
- 180 g de chocolate meio amargo

MODO DE PREPARO

Em uma placa retangular de 0,5 cm de espessura, espalhe a margarina especial para *croissant* sobre um plástico e leve à geladeira para endurecer. (O plástico de um saco de 5 kg de arroz aberto é adequado para essa preparação por ter a espessura certa, não muito mole.)

Dissolva o fermento no açúcar, junte um pouco de água morna e 1 colher de farinha (método da esponja), tirada do total. Deixe crescer por 10 minutos. Depois, junte a margarina comum, o ovo, a água, o leite em pó, a farinha, o sal e misture tudo até formar uma massa que desgrude das mãos. Sove bem e deixe descansar por 20 minutos, coberta por filme plástico.

Abra um retângulo de massa. O tamanho da placa de margarina gelada deve corresponder a ⅔ da massa. Coloque a placa sobre a massa e dobre em três. Abra novamente em retângulo. Repita a operação das dobras mais duas vezes.

Abra a massa com espessura de 3 mm e corte as peças em triângulo. Coloque um pedaço de chocolate na base, enrole e modele em forma de meia-lua. Deixe fermentar até dobrar de volume, pincele com gema diluída em água e leve ao forno a 180 °C até dourar.

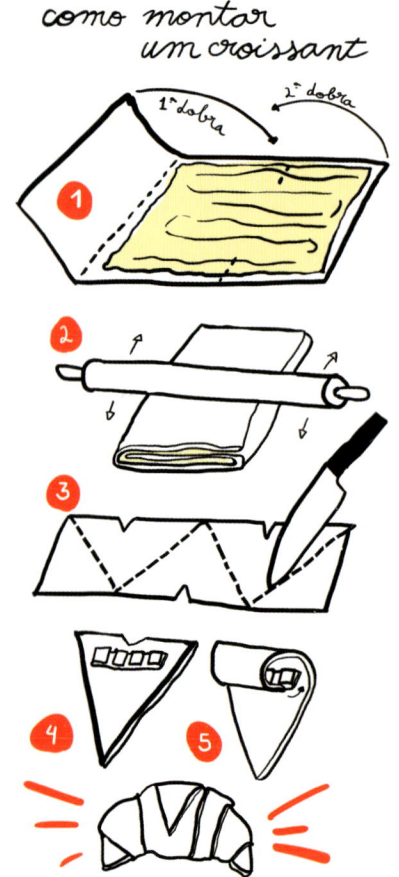

AMOR EM FORMA DE CROISSANT DE CHOCOLATE

Em *Simplesmente complicado*, o encontro romântico de Jane Adler (Meryl Streep) e Adam Schaffer (Steve Martin) terminou em aula de culinária. Para matar a larica da madrugada, Jane levou Adam para a sua linda padaria, já fechada para o público, e pediu para que ele escolhesse qualquer coisa do menu.

Acabaram preparando, assando e comendo juntos um monte de *croissants* de chocolate – e o arquiteto ficou ainda mais apaixonado.

como montar um croissant

1ª dobra 2ª dobra

doces | Embriagado de amor | Punch-drunk love | Paul Thomas Anderson | 2002

PUDIM TE DÁ ASAS

Em *Embriagado de amor*, Barry Egan (Adam Sandler) tem sérios problemas. Como se não bastasse viver perseguido por mafiosos do Disk-Sexo, ainda tem que dar um milhão de satisfações a suas sete irmãs. Elas querem saber o porquê de tudo: do terno que ele usa para trabalhar, da consulta a um psiquiatra e da compra de tantas caixas de pudim.

Sobre os pudins, acontece que Barry achou uma brecha no regulamento da promoção de uma marca de alimentos em parceria com uma companhia aérea. Assim, comprando muito pudim a 25 centavos de dólar, conseguiu faturar milhas para viajar a vida inteira. É mole?

RECEITA: PUDIM DE CHOCOLATE

- PORÇÃO **para 8 pessoas** • TEMPO **50 minutos** • DIFICULDADE **fácil**

INGREDIENTES
- 1 lata de leite condensado
- 1 lata de leite (use a lata de leite condensado para medir)
- 2 colheres (sopa) bem cheias de chocolate em pó
- 1 colher (chá) de baunilha
- 4 ovos

MODO DE PREPARO

Bata todos os ingredientes no liquidificador.

Passe tudo para uma forma de pudim e leve ao forno a 160 °C, descoberto, em banho-maria com a água já quente, por uns 40 minutos.

Para saber se está pronto, faça o teste do palito, que deve sair limpo do pudim.

Ah! Para ter um pudim com furinhos, mais aerado, o creme deve ser bem batido no liquidificador e, depois, cozido em uma temperatura mais alta, o que faz as claras coagularem rapidamente.

O pudim lisinho deve ser batido também, mas de leve, só um susto. E deve ser cozido lentamente em banho-maria e em temperatura baixa. Fazer de um dia para o outro garante a estabilidade do doce. Por fim, isso tudo vale também para o pudim de leite.

doces | Histórias cruzadas | The help | Tate Taylor | 2011

DOCE VINGANÇA

Em 1962, Aibileen Clark (Viola Davis), além de trabalhar como empregada doméstica, dava uma consultoria informal para o jornal de Jackson, no Mississippi. Ajudava a responder dúvidas como "o que fazer para não chorar enquanto se corta cebola". A dica? Colocar um palito de fósforo entre os dentes. Apagado, claro.

A melhor amiga dela, Minny Jackson (Octavia Spencer), também trabalhava em casa de família. Mas foi demitida por usar o banheiro da patroa, que não aceitava dividir o cômodo com uma negra. Cozinheira de mão cheia, um dia ela voltou ao antigo emprego com um pedido de desculpas e uma torta de chocolate especial. Que nojo! Para Minny, a vingança é um prato que se come com... cocô.

E TEM TAMBÉM

Em **Clube da luta**, Tyler Durden (Brad Pitt) trabalhou como garçom em um hotel de luxo. Ele era o terrorista da indústria de comida. Fazia xixi na sopa de lagosta, soltava gases no merengue e espirrava na salada. O horror, o horror!

RECEITA: TORTA DE CHOCOLATE

- PORÇÃO **para 6 pessoas**
- TEMPO **1 hora e 30 minutos**
- DIFICULDADE **média**

INGREDIENTES

MASSA
- 175 g de farinha
- 1 colher (sopa) de chocolate em pó
- 40 g de farinha de amêndoas
- 15 g de açúcar
- 150 g de manteiga
- 1 gema
- 1 colher (chá) de água gelada

RECHEIO
- 75 g de manteiga
- 75 g de açúcar
- 75 g de chocolate amargo derretido
- 2 ovos
- 25 g de farinha de amêndoas
- 75 g de farinha
- 1 colher (sobremesa) de fermento em pó
- Chantili para decorar
- 1 colher (chá) de água gelada

MODO DE PREPARO

MASSA
Preaqueça o forno a 200 ºC. Peneire a farinha e o chocolate em pó em uma tigela e depois junte a farinha de amêndoas e o açúcar. Acrescente a manteiga formando uma farofinha. Adicione a gema e a água gelada, amassando até a massa ficar homogênea.

Embrulhe em filme plástico e leve à geladeira por 30 minutos. Abra a massa em superfície enfarinhada e forre uma forma de 23 cm para tortas.

RECHEIO
Bata a manteiga e o açúcar até ficarem cremosos e junte o chocolate derretido. Adicione os ovos, a farinha de amêndoas, a farinha e o fermento, misturando até que fiquem com uma consistência lisa. Coloque o recheio sobre a massa e asse a torta por 10 minutos a 200 ºC e depois reduza para 180 ºC por mais 40 minutos ou até que o recheio esteja assado. Faça o teste do palito. Sirva com chantili.

doces | A garçonete | Waitress | Adrienne Shelly | 2007

CULINÁRIA TEMPERAMENTAL

A inspiração de Jenna Hunterson (Keri Russell) para criar novas receitas de tortas está diretamente relacionada ao seu estado de ânimo. Cada invenção ganha um nome condizente com seu humor. Assim, quando ela se descobre grávida do marido infantil e idiota, *voilà*, sai a torta "Eu nao quero ter um bebê do Earl", com muito queijo brie e presunto.

E depois, sai uma torta "Grávida miserável perdedora com autopiedade", com aveia e frutas secas e cristalizadas – flambada, claro. Mais emocionante que isso, só se ela tivesse um caso extraconjugal. Haja coração!

RECEITA

TORTA "O EARL VAI ME MATAR PORQUE ESTOU TENDO UM CASO"
- PORÇÃO **para 8 pessoas** • TEMPO **1 hora**
- DIFICULDADE **fácil**

INGREDIENTES

MASSA
- 1 ¼ xícara (chá) de farinha
- ¼ xícara (chá) de cacau em pó
- ¼ de xícara (chá) de açúcar
- ¼ de colher (chá) de sal
- ½ xícara (chá) de manteiga sem sal gelada (em pedaços pequenos)
- 1 gema
- 1 colher (sopa) de água gelada

RECHEIO E DECORAÇÃO
- 300 g de chocolate amargo
- 1 xícara (chá) de creme de leite
- 400 g de framboesas
- 400 g de amoras
- Chantili
- Raspas de chocolate

MODO DE PREPARO

MASSA
Peneire os ingredientes secos. Misture com a manteiga gelada. Adicione a gema e a água gelada lentamente e trabalhe até formar uma massa lisa.

Pressione a massa em uma assadeira redonda e leve à geladeira por 30 minutos. Preaqueça o forno a 180 ºC e asse de 15 a 20 minutos, ou até que a massa esteja dourada. Deixe esfriar.

RECHEIO E DECORAÇÃO
Pique o chocolate em pequenos pedaços e deixe derreter em banho-maria. Então, adicione o creme de leite sobre o chocolate e misture tudo lentamente até ficar um creme uniforme.

Coloque a *ganache* sobre a massa já assada, amasse as framboesas e as amoras e coloque-as sobre a *ganache*. Cubra as frutas com o chantili e raspas de chocolate por cima.

doces | Um beijo roubado | My blueberry nights | Kar Wai Wong | 2007

A TRISTE HISTÓRIA DA TORTA DE BLUEBERRY

Quando chega a noite no café de Jeremy (Jude Law), a torta de maçã e o *cheesecake* já acabaram, os bolos de chocolate e de pêssego estão quase no fim, mas a torta de *blueberry* continua lá, intacta. Intrigada, Elizabeth (Norah Jones) pergunta a Jeremy o que há de errado com a torta. E ele diz: "Nada. As pessoas fazem outras escolhas. E não se pode culpar a torta de *blueberry*. É só que... ninguém quer mesmo".

~ festival da torta ~

Na série *Pushing daisies*, Ned (Lee Pace) é um "fazedor de tortas". De maçã, de pêssego, de ruibarbo, uma mais linda que a outra. E se a fruta estiver meio passada, não tem problema. Ned tem o dom da ressurreição. Tudo (tudo!) o que ele toca volta à vida.

Em *Simplesmente amor*, Juliet (Keira Knightley) aparece na casa de Mark (Andrew Lincoln) para ver o vídeo do seu casamento. Ela não está sozinha – leva um pedaço de *banoffee pie* (torta de origem inglesa, com banana e caramelo).

Em *American pie*, a tradicional torta de maçã americana ganha outra função nas mãos e em outra parte do corpo do virgem Jim Levenstein (Jason Biggs).

Na série *Twin Peaks*, o agente especial Dale Cooper (Kyle MacLachlan) se alimenta à base de torta de cereja e café enquanto investiga o assassinato de Laura Palmer (Sheryl Lee).

Em *Menina do ouro*, Maggie Fitzgerald (Hilary Swank) leva o treinador Frankie Dunn (Clint Eastwood) para comer a torta de limão que fez parte da sua infância.

RECEITA

TORTA DE BLUEBERRY
- PORÇÃO **para 4 pessoas** • TEMPO **45 minutos** • DIFICULDADE **fácil**

INGREDIENTES
- 200 g de farinha
- ½ colher (chá) de fermento em pó
- 100 g de açúcar
- 200 g de manteiga gelada
- 1 gema
- 120 g de geleia de *blueberry* (caseira, de preferência)

MODO DE PREPARO

Misture a farinha, o fermento, o açúcar, a manteiga e a gema, formando uma massa lisa. Divida-a em duas partes e deixe-a descansar no freezer até endurecer. Passe a massa em um ralador grosso e coloque metade na base de uma forma pequena de fundo removível e pressione levemente.

Distribua a geleia sobre a massa na forma e cubra com a outra metade (se preferir, faça tiras com a massa e trance-as para formar a cobertura). É uma torta rústica, não se preocupe com a uniformidade total da massa. Asse em forno médio, a 150 °C, até dourar. Sirva fria.

Ah! Para preparar a geleia caseira, leve ao fogo médio 250 g de *blueberries* frescas com 1 xícara (chá) de açúcar, até que fique com a textura desejada.

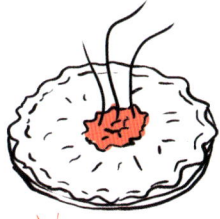

doces | Superbad | Superbad | Greg Mottola | 2007

COZINHA NERD

Em *Superbad*, três garotos nerds – Seth (Jonah Hill), Evan (Michael Cera) e Fogell "McLovin" (Christopher Mintz-Plasse) – só queriam se dar bem com as meninas da escola. Como não tinham exatamente o padrão de beleza e popularidade, sofriam *bullying*.

O jeito era tentar se aproximar delas como desse. Seth, por exemplo, aproveitou uma aula de economia doméstica para xavecar Jules (Emma Stone). A tarefa: preparar um *tiramisù*.

Ela até que foi simpática e, parecendo verdadeiramente interessada no assunto, meteu a mão na massa. Já o meninão, com testosterona demais e neurônios de menos, só pensava em como a comida podia render piadas de duplo sentido.

RECEITA

TIRAMISÙ
- PORÇÃO **para 6 pessoas**
- TEMPO **45 minutos**
- DIFICULDADE **fácil**

INGREDIENTES
- ½ xícara (chá) de café forte sem açúcar
- 60 ml de rum
- 12 unidades de biscoito champanhe
- 2 gemas
- ½ xícara (chá) de açúcar
- 500 g de queijo mascarpone
- 4 claras
- Chocolate em pó para polvilhar

MODO DE PREPARO
Numa tigelinha, misture o café e o rum. Molhe apenas um dos lados do biscoito nessa mistura por 2 segundos. Em seguida, coloque o biscoito champanhe numa travessa retangular, com o lado molhado virado para cima.

Cubra todo o fundo da travessa e, caso sobre um pouquinho de café, regue os biscoitos. Reserve.

Na batedeira, coloque as gemas e o açúcar e bata até formar um creme bem claro. Adicione o queijo mascarpone e bata apenas para misturar. Reserve.

Limpe e seque a tigela e as pás da batedeira. Bata as claras até o ponto de neve. Misture cuidadosamente as claras ao creme de mascarpone reservado. Espalhe o creme sobre os biscoitos, cobrindo completamente.

Leve à geladeira por 24 horas. Antes de servir, polvilhe o chocolate em pó com uma peneira fina.

doces | *O Poderoso Chefão* | *The Godfather* | *Francis Ford Coppola* | *1972*

DESEJO DE CANNOLI

O *caporegime* Peter Clemenza (Richard Castellano) sabe tudo de máfia, amor e cozinha. Uma noite, enquanto aguardava notícias do estado de saúde de Don Vito Corleone (Marlon Brando), ele deu alguns conselhos românticos para Michael (Al Pacino), o filho caçula do padrinho. E aproveitou para ensiná-lo a preparar um legítimo molho à bolonhesa para vinte pessoas. Queria que Mike estivesse preparado para uma eventualidade.

De sobremesa, *cannoli*. Mas só para a esposa, que pediu a Clemenza que comprasse o docinho quando ele saía de casa para trabalhar. Missão do dia cumprida a tiros, o zeloso marido não deixou a patroa na mão, e avisou ao comparsa: "Deixe a arma. Pegue os *cannoli*". Os *cannoli* são importantes, poxa.

RECEITA CANNOLI

- PORÇÃO **30 unidades** • TEMPO **2 horas**
- DIFICULDADE **média**

INGREDIENTES

MASSA
- ½ kg de farinha
- 50 g de açúcar
- 50 g de gordura hidrogenada
- 15 g de manteiga
- 1 ovo e 1 gema (reserve a clara)
- 1 pitada de canela em pó
- 1 pitada de cacau em pó
- ½ taça de vinho marsala
- ½ taça de *grappa* (ou cachaça)
- Azeite para fritar

RECHEIO
- 500 g de ricota peneirada
- 100 g de frutas cristalizadas
- 40 g de pistache picado
- 40 g de chocolate meio amargo
- 250 g de açúcar
- 1 colher de vinagre de xerez

MODO DE PREPARO

MASSA
Numa tigela, peneire a farinha, acrescente o açúcar, a gordura hidrogenada, a manteiga, o ovo, a gema, a canela, o cacau em pó, o vinho e a *grappa* (ou cachaça). Misture os ingredientes até formar uma massa homogênea.

Abra a massa com um rolo até ficar fina e corte em círculos. Enrole em um cilindro de alumínio e cole as pontas da massa com a clara do ovo. Frite por imersão até dourar e deixe escorrer em papel toalha para a massa ficar bem sequinha.

RECHEIO
Misture a ricota, as frutas cristalizadas, o pistache, o chocolate meio amargo e o açúcar. Por fim, coloque o vinagre de xerez. Deixe a pasta descansar por alguns minutos na geladeira.

Recheie os *cannoli* e sirva.

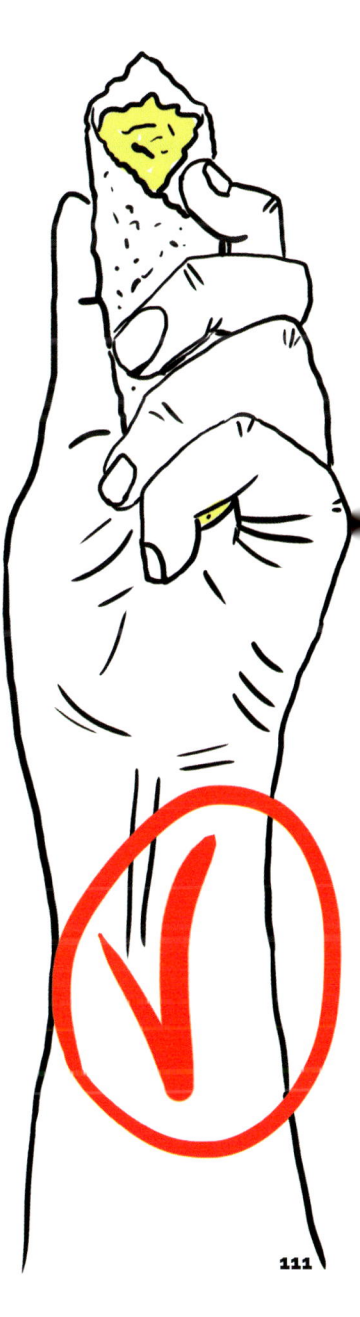

doces | Bastardos inglórios | Inglourious basterds | Quentin Tarantino | 2009

COMENDO COM O INIMIGO

Em *Bastardos inglórios*, a pequena judia Shosanna Dreyfus (Mélanie Laurent) viu sua família ser executada pelo coronel nazista Hans Landa (Christoph Waltz). Conseguiu fugir e, daquele dia em diante, viveu para se vingar.

Anos depois, se reencontraram num restaurante na França para tratar de negócios. Isso sem que ele soubesse a verdadeira identidade dela. Enquanto Shosanna fingia que estava tudo bem, o carrasco pediu *apfelstrudel* para os dois – além de um *espresso* para ele e um copo de leite para ela. Esqueceu do creme, e não deixou que a moça desse a primeira bocada no doce até o acompanhamento chegar. Pura tensão.

RECEITA: STRUDEL DE MAÇÃ (APFELSTRUDEL)

- PORÇÃO **para 8 pessoas** • TEMPO **1 hora** • DIFICULDADE **vai dar trabalho!**

INGREDIENTES

- 3 maçãs tipo gala
- 1 colher (sopa) de suco de limão
- 50 g de uvas-passas hidratadas em licor
- 50 g de nozes picadas
- ½ xícara (chá) de açúcar
- Canela em pó a gosto
- 3 colheres (sopa) de farinha de rosca
- Massa folhada pronta
- 1 clara
- Açúcar de confeiteiro para polvilhar
- Chantili para acompanhar

MODO DE PREPARO

Lave e descasque as maçãs, corte-as em cubos e coloque-as no suco de limão para evitar a oxidação. Junte as passas e as nozes picadas.

Acrescente o açúcar e a canela. Prove e adicione mais açúcar, caso prefira mais doce. O recheio não deve ser preparado muito antes, porque libera muito líquido.

Uma técnica para absorver o líquido que se forma durante o período de forno é fazer uma caminha de farinha de rosca sobre a massa e colocar o recheio por cima.

Outro detalhe importante: a massa folhada não deve ser enrolada como rocambole, porque as camadas internas não vão "folhar".

MONTAGEM

Divida a massa em três partes. A primeira vai receber a cama de farinha de rosca e o recheio de maçã – deixe uma margem de 2 cm em toda a volta sem recheio, para que não escape quando assar.

A segunda é a que vai por cima, que deve ser pincelada com clara de ovo para funcionar como uma cola.

Por cima vai a terceira parte de massa, que pode ser decorada como na ilustração ao lado. Depois, feche bem os quatro lados do retângulo de massa com um garfo.

Acomode a massa numa assadeira untada e polvilhada com farinha e asse no forno a 180 °C por uns 30 minutos ou até que fique dourada.

O *strudel* de maçã deve ficar firme e crocante por fora e úmido e pastoso por dentro.

Polvilhe com açúcar de confeiteiro e sirva morno com chantili.

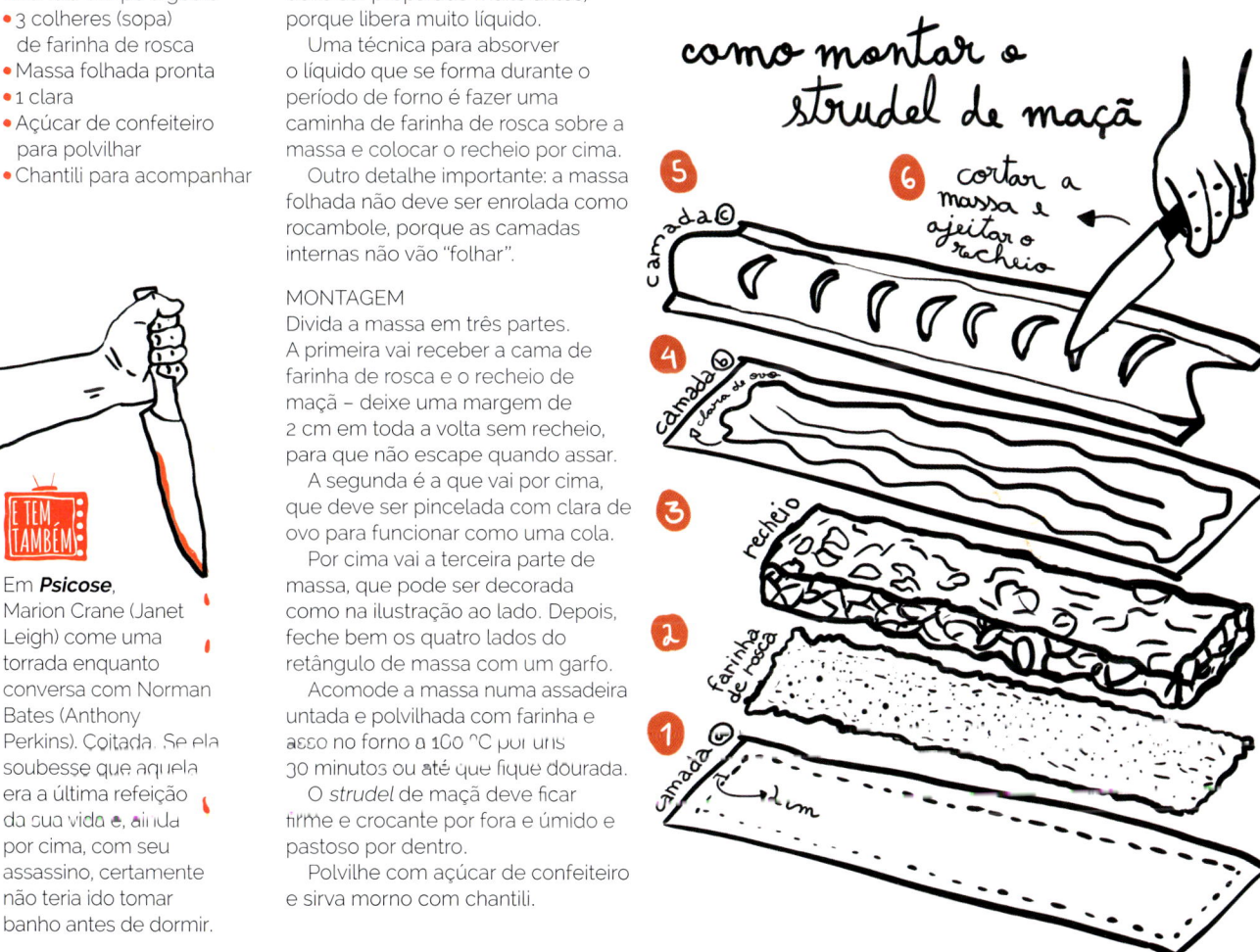

E TEM TAMBÉM

Em **Psicose**, Marion Crane (Janet Leigh) come uma torrada enquanto conversa com Norman Bates (Anthony Perkins). Coitada. Se ela soubesse que aquela era a última refeição da sua vida e, ainda por cima, com seu assassino, certamente não teria ido tomar banho antes de dormir.

como montar o strudel de maçã

5. camada ©
6. cortar a massa e ajeitar o recheio
4. camada ® – a clara de ovo
3. recheio
2. farinha de rosca
1. camada ® – 2 cm

doces | O fabuloso destino de Amélie Poulain | Le fabuleux destin d'Amélie Poulain | Jean-Pierre Jeunet | 2001

DOÇURA FRANCESA

Amélie Poulain (Audrey Tautou) é uma fofa. Mas pode ser ardilosa com quem faz os outros de bobo – porque, ela sabe, até as alcachofras têm coração. O que nossa heroína adora mesmo é armar um estratagema para fazer os outros felizes.

Já seus próprios prazeres são pequenos e cotidianos, como mergulhar a mão em sacos de grãos e quebrar com a colher a casquinha de caramelo do *crème brûlée*. Com Amélie por perto, os tempos nunca são difíceis para os sonhadores.

E TEM TAMBÉM

Em **O casamento do meu melhor amigo**, a ciumenta e desajeitada Julianne Potter (Julia Roberts) faz de tudo para melar a união do... melhor amigo. E ela usa uma analogia gastronômica para explicar à rica e perfeita Kimberly Wallace (Cameron Diaz) que o noivo dela gosta mesmo é de coisas simples. O exemplo citado? "Quem nasceu para *crème brûlée* jamais será gelatina."

RECEITA: CRÈME BRÛLÉE

- PORÇÃO **para 8 pessoas**
- TEMPO **40 minutos**
- DIFICULDADE **fácil**

INGREDIENTES
- 400 ml de leite
- 400 g de creme de leite fresco
- 160 g de açúcar
- 9 gemas de ovos
- 1 colher (chá) de baunilha
- Açúcar para a caramelização

MODO DE PREPARO

No fogão, aqueça o leite com o creme de leite e metade do açúcar.

Separadamente, misture as gemas com o resto do açúcar (sem bater) e junte a baunilha. (Se optar por fava de baunilha, que é infinitamente melhor, passe uma faquinha pela extensão da fava, raspe as sementes e utilize-as.)

Adicione o leite com o creme de leite às gemas e misture bem, sem bater, porque é um creme e não deve ficar aerado.

Coloque em forminhas e asse em banho-maria, com o forno a 130 °C, de 15 a 20 minutos. Leve à geladeira por 4 horas.

Antes de servir, polvilhe com açúcar e use o maçarico para caramelizar. Se não tiver maçarico, uma alternativa é colocar uma colher de sopa na chama do fogão para aquecer bem (cuidado para não se queimar). Depois é só encostar as costas da colher quente na superfície do creme, fazendo movimentos circulares, para caramelizar o açúcar.

doces

Maria Antonieta | *Marie Antoinette* | *Sofia Coppola* | 2006

CASTELO DE AÇÚCAR

Depois de se mudar para a França para se casar com o rei Luís XVI (Jason Schwartzman), Maria Antonieta (Kirsten Dunst) tem tempo de sobra para fazer nada. Entediada com a vida na corte, ela inventa muita moda. E come – sem parar.

Apenas as festas no palácio e as tardes com as amigas em seu aposento real estão entre as alegrias da nova rainha. *Macarons* e champanhe sempre acompanham. "Isso, madame, é Versailles."

E TEM TAMBÉM

Em *Vatel – Um banquete para o rei*, filme que se passa na França do século XVII, o famoso cozinheiro François Vatel (Gérard Depardieu) encanta os convidados de uma festa no castelo de Chantilly com seu circo gastronômico. Reza a lenda que é dele a autoria do creme chantili.

RECEITA: MACARON

- PORÇÃO **30 unidades** • TEMPO **40 minutos**
- DIFICULDADE **média**

INGREDIENTES

MASSA
- 5 claras
- 350 g de açúcar de confeiteiro (peneirado)
- 160 g de farinha de amêndoas (peneirada)

RECHEIO
- 250 g de chocolate meio amargo picado
- 250 ml de creme de leite fresco

MODO DE PREPARO

MASSA
Bata as claras em neve bem firmes e misture com metade do açúcar (bata tudo junto até virar merengue). Acrescente a farinha de amêndoas e o restante do açúcar, misturando delicadamente.

Coloque tudo no saco de confeitar com bico liso e faça bolinhas de 3 cm em uma assadeira untada com manteiga e forrada com papel-manteiga, deixando um espaço entre elas.

Asse em forno preaquecido a 160 ºC por mais ou menos 15 minutos.

Ah! Se quiser fazer os *macarons* de chocolate, use 140 g de farinha de amêndoas e 20 g de cacau em pó.

RECHEIO
Derreta o chocolate picado em banho-maria e misture vigorosamente com o creme de leite. Deixe esfriar e recheie os *macarons*.

doces | Cidade dos anjos | City of angels | Brad Silberling | 1998

A FILOSOFIA DO GOSTO

Em *Cidade dos anjos*, o espírito protetor Seth (Nicolas Cage), desprovido de sensações humanas, lê *Paris é uma festa*, de Ernest Hemingway, para entender que gosto tem uma ostra. Interessado também no sabor da pera, ele pede à cardiologista Maggie Rice (Meg Ryan), por quem é apaixonado, que descreva o gosto da fruta.

Primeiro, Maggie diz que a pera é pera, oras. Mas o anjo espera uma resposta melhor, quer saber o que só a médica sente, e ela diz: "Doce, suculenta, macia quando toca a língua, como grãos de areia açucarados que dissolvem na boca". Perfeito. Hemingway aprovaria.

Em tempo: o filme é uma versão hollywoodiana de **Asas do desejo**, de 1987, do diretor alemão Wim Wenders.

A ostra, segundo Ernest Hemingway

"Enquanto comia ostras, com seu forte gosto de mar e leve paladar metálico, enquanto bebia o líquido gelado de cada concha e engolia-os como a um gole de vinho, perdi a sensação de vazio e passei a ser arrebatadoramente feliz."

RECEITA — PERAS AO VINHO

- PORÇÃO **para 6 pessoas**
- TEMPO **30 minutos**
- DIFICULDADE **fácil**

INGREDIENTES
- 6 peras
- 1 l de vinho tinto
- 150 ml de vinagre
- 150 g de açúcar balsâmico
- Pau de canela
- Aniz estrelado
- 1 colher (chá) de raspas de limão
- 1 colher (sopa) de raspas de laranja
- Sorvete de creme
- Lascas de amêndoas tostadas
- Folhas de hortelã

MODO DE PREPARO

Descasque as peras com cuidado, mantendo os cabinhos. Numa panela, ajeite as peras de pé e cubra com o vinho, o vinagre balsâmico, o açúcar, a canela, o aniz estrelado e as raspas de limão (de preferência siciliano) e laranja.

Cozinhe em fogo brando por 10 minutos, ou até que as peras estejam macias. Deixe que esfriem na calda do vinho, depois retire-as. Coe a calda e leve ao fogo para reduzir até que fique um pouco mais grossa, mas não muito.

Sirva a pera sobre o sorvete de creme, com a calda, as lascas de amêndoas tostadas e as folhinhas de hortelã.

doces

Quem vai ficar com Mary? | *There's something about Mary* | *Bobby Farrelly, Peter Farrelly* | *1998*

OLHA O ESPETINHO!

O escritor Ted (Ben Stiller) passou por poucas e boas até reencontrar, 13 anos depois, a ortopedista Mary (Cameron Diaz), seu amor da época da escola.

No primeiro jantar romântico dos dois, comeram espetinho de salsichão. E, para quebrar o gelo, falaram sobre como seria legal se tivessem outras opções de comida no palito além de pirulito, algodão-doce e picolé. Eles, obviamente, não conhecem os espetinhos brasileiros.

No final das contas, o casal chegou à conclusao de que bom mesmo seria encontrar iscas de fígado na casquinha. Que conversa.

RECEITA: BOLO NO PALITO (CAKEPOP)

• PORÇÃO **16 unidades** • TEMPO **2 horas** • DIFICULDADE **vai dar trabalho!**

INGREDIENTES
- 3 ovos
- 1 ½ xícara (chá) de açúcar
- ½ xícara (chá) de leite
- 4 colheres (sopa) de óleo
- ½ xícara (chá) de chocolate em pó
- 2 xícaras (chá) de farinha
- 1 colher (sopa) de fermento em pó
- 1 lata de leite condensado
- 300 g de chocolate branco
- 16 palitos de sorvete
- Confeitos a gosto para decorar

MODO DE PREPARO

Bata no liquidificador os ovos com o açúcar, o leite, o óleo e o chocolate em pó, por 2 minutos. Passe a mistura para uma tigela e adicione a farinha peneirada com o fermento, misturando com um garfo. Coloque em uma forma de 25 cm untada e polvilhada com farinha e asse no forno preaquecido a 180 °C por 35 minutos. Deixe esfriar e esfarele a massa em uma tigela. Reserve.

Enquanto o bolo assa, ponha a lata de leite condensado na panela de pressão, cubra com água e cozinhe por 30 minutos depois do início da pressão. Deixe esfriar totalmente para retirar a lata e abri-la.

Para a montagem, junte o doce de leite ao bolo esmigalhado até que fique homogêneo. Com as mãos molhadas, enrole 16 bolinhas e reserve.

Derreta 50 g de chocolate branco e molhe a ponta dos palitos de sorvete. Enfie um palito em cada bolinha de bolo e espete em um pedaço de isopor. Deixe na geladeira por 2 horas. Derreta o chocolate restante e cubra as bolinhas, uma a uma, decorando com os confeitos. Deixe secar na geladeira até a hora de servir.

doces | 9 ½ semanas de amor | Nine ½ weeks | Adrian Lyne | 1986

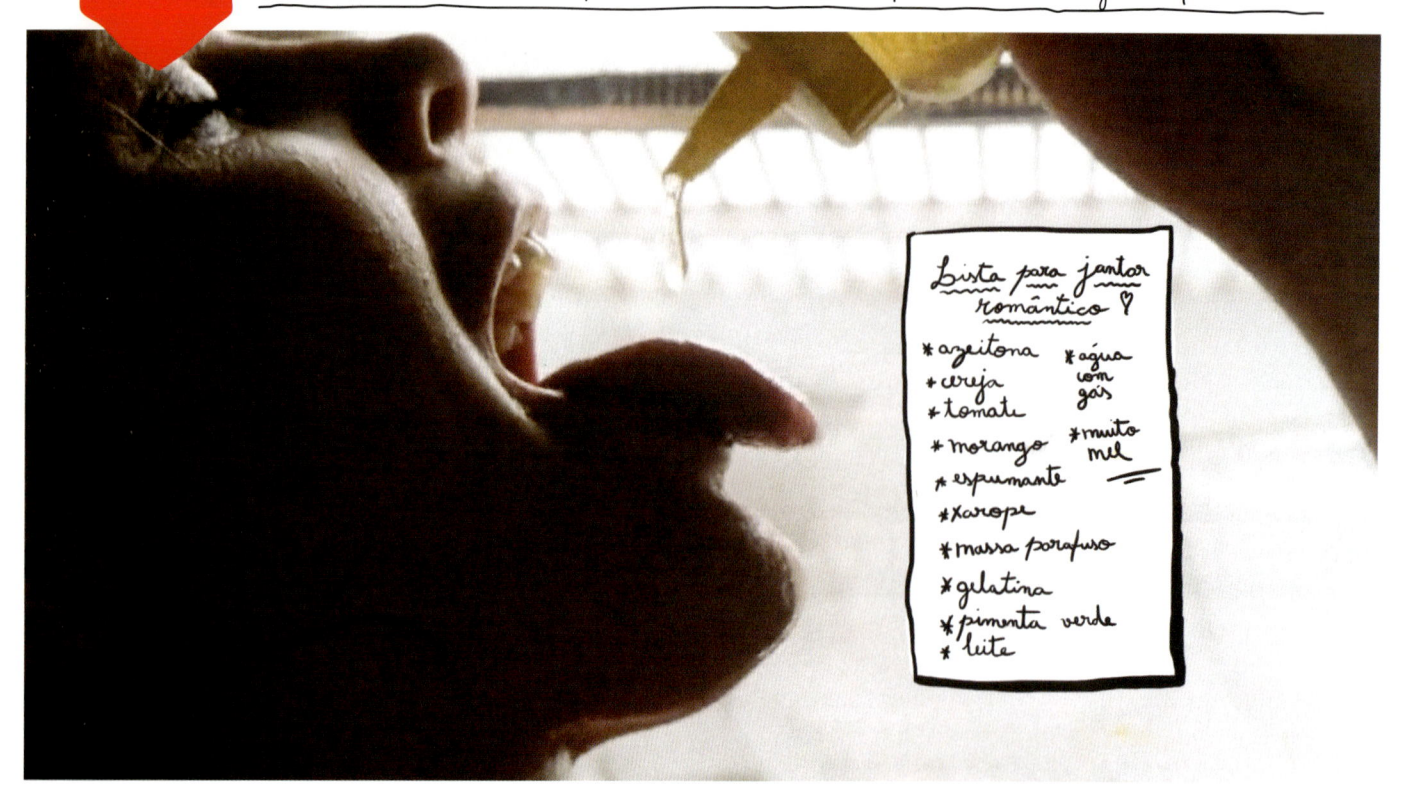

Lista para jantar romântico
- azeitona
- cereja
- tomate
- morango
- espumante
- xarope
- massa parafuso
- gelatina
- pimenta verde
- leite
- água com gás
- muito mel

LAMBANÇA NA COZINHA

Enquanto a paixão durou, Elizabeth (Kim Bassinger) e John (Mickey Rourke) aproveitaram a relação de todas as formas possíveis. Em todos os cômodos da casa.

Na cozinha, para fazer mais um de seus jogos eróticos, pegaram tudo o que estava sobrando na geladeira: morango, cereja, pimenta, ovo, tomate, macarrão. Armaram uma lambança só com o mel, sem desperdício. Entretidos, nem se importaram com a porta do eletrodoméstico escancarada o tempo todo, gastando uma energia lascada. Que fria!

E TEM TAMBÉM

Na comédia **Top Gang! – Ases muito loucos**, Topper Harley (Charlie Sheen) e Ramada Thompson (Valeria Golino) fazem uma homenagem a *9 ½ semanas de amor* e reproduzem a clássica cena de sexo com comida. Só que muito, muito mais divertida.

DICA

Se bater a fome, e a geladeira não estiver exatamente cheia, o mel pode ajudar. Pegue pão de forma, queijo, banana e mel. Faça um rápido e delicioso sanduíche. Melhor ainda se for saboreado bem quentinho.

drinks

drinks | Sideways – Entre umas e outras | Sideways | Alexander Payne | 2004

A VERDADE ESTÁ NO VINHO

Em *Sideways – Entre umas e outras*, o professor e escritor Miles (Paul Giamatti) é um típico "cheirador de rolha" – daqueles que tampam um dos ouvidos com a mão e apertam os olhos para sentir melhor o sabor do vinho. Na coleção de fracassos que é sua vida, beber parece ser o único alento. E é por isso que, numa viagem enoturística pela Califórnia para a despedida de solteiro de Jack (Thomas Haden Church), ele se esforça para passar seu conhecimento ao amigo.

Enquanto o noivo fanfarrão aproveita os últimos dias na gandaia, Miles, depressivo, foca no vinho e sofre para arriscar um relacionamento com Maya (Virginia Madsen). Numa conversa a sós, ela pergunta a ele por que tanto amor pela uva *pinot noir*. Para Miles, é o sabor mais "sedutor, brilhante, excitante, sutil e antigo do planeta".

Já Maya parece usar o vinho como metáfora para explicar os seres humanos. "Eu gosto de como o vinho continua a evoluir. Se abrir uma garrafa hoje terá um gosto diferente da de outro dia. Porque uma garrafa de vinho está, de fato, viva e constantemente evoluindo e ganhando complexidade."

como degustar um vinho

A degustação de vinho é dividida em três etapas: visual, olfativa e gustativa. Para não esquentar a bebida, segure a taça pela base ou pela haste.

1 ver

A primeira etapa consiste em olhar o vinho contra um fundo branco e analisar:

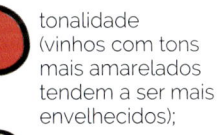

- **transparência** (se é mais encorpado ou aguado);
- **tonalidade** (vinhos com tons mais amarelados tendem a ser mais envelhecidos);
- **limpidez do líquido** (se houver partículas, descarte).

2 cheirar

Em seguida, é preciso agitar o vinho na taça. Com a evaporação, aromas diferentes da uva podem ser percebidos.

Depois, é só colocar o nariz na boca do copo e cheirar fundo! Mais uma etapa que serve para imaginar o que vem a seguir.

3 beber

Finalmente, ao beber, o degustador deve manter o vinho na boca por cerca de 15 segundos para que as diferentes regiões da bochecha e da língua possam curtir a bebida – e identificar as distintas sensações, como doce, salgado, ácido e amargo.

Depois, repete-se a dose. É só nesse momento que as percepções anteriores são confirmadas.

---

pinot noir, por Miles Raymond

"É uma uva difícil de cultivar. A casca é fina, é temperamental, cresce logo. Não é uma sobrevivente, como a *cabernet*, que pode crescer em qualquer lugar, mesmo negligenciada. Não, a *pinot* precisa de cuidado e atenção."

E TEM TAMBÉM

Em ***O julgamento de Paris***, no ano de 1976, após uma degustação às cegas, críticos franceses são surpreendidos pela qualidade de vinhos californianos. Baseado em fatos reais, o filme mostra como Napa Valley entrou para o mapa como uma das grandes regiões produtoras de vinhos do mundo.

---

cheiros comuns

- cereja
- amora
- morango
- rosas
- bacon defumado
- tabaco
- couro

drinks | Mad Men | Mad Men | Matthew Weiner | 2007-

COQUETÉIS VINTAGE

O publicitário Don Draper (Jon Hamm) da série *Mad Men* é um *bon vivant*. Sabe apreciar uma boa comida e as mulheres mais bonitas da Nova York dos anos 1960.

Cérebro da agência Sterling Cooper Draper Pryce, ele usa, em "Red in the face" (temporada 1, episódio 7), uma metáfora espirituosa para definir sua escolha por ostras: "É como comer uma sereia".

Mas o que chama a atenção na dieta do diretor de criação são mesmo os bons drinks. Bebedor convicto – com uma curtíssima fase de abstinência –, Don bebe de manhã, de tarde, de noite; em casa, no escritório, no bar; social ou profissionalmente. Tanto faz. O que importa é que ele bebe, sim – e está vivendo.

no minibar da agência

• RENDIMENTO **1 porção** • TEMPO **5 minutos** • DIFICULDADE **fácil**

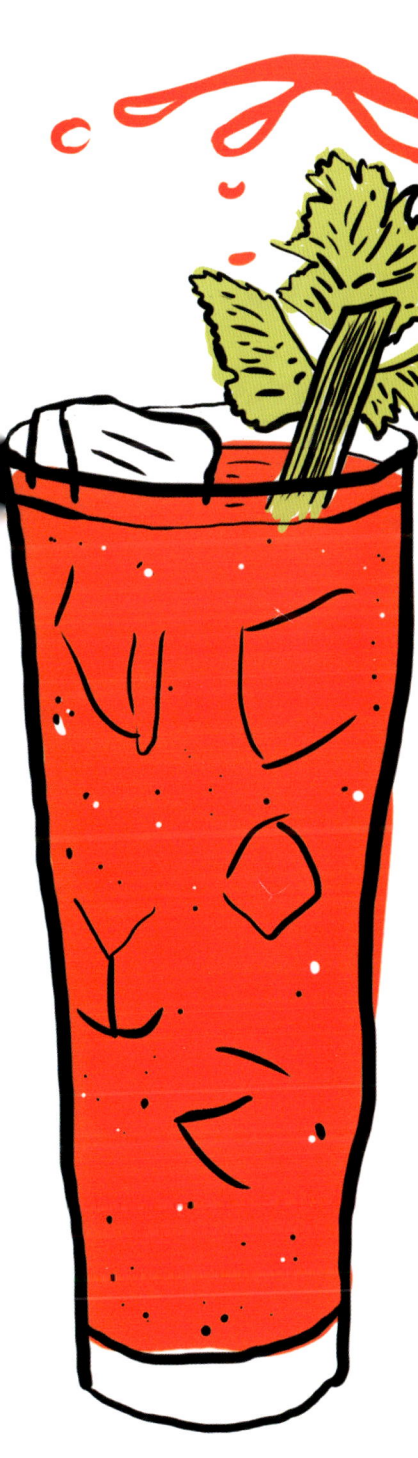

RECEITA

BLOODY MARY

INGREDIENTES
- 15 ml de molho inglês
- 20 ml de suco de limão-siciliano
- 2 gotas de pimenta Tabasco
- ½ colher (chá) de sal
- 45 ml de vodca
- 100 ml de suco de tomate
- Gelo
- Pimenta-do-reino
- 1 fatia de limão-siciliano e talo de salsão para decorar

MODO DE PREPARO
Coloque o molho inglês, o suco de limão-siciliano, a pimenta Tabasco, o sal, a vodca e o suco de tomate na coqueteleira e agite. Despeje tudo em um copo alto com gelo e coloque uma pitada de pimenta-do-reino. Decore com a fatia de limão-siciliano e o talo de salsão.

TOM COLLINS

INGREDIENTES
- 1 colher (chá) de açúcar
- 30 ml de suco de limão-siciliano
- 50 ml de gim
- Gelo
- Água com gás
- 1 fatia de limão-siciliano para decorar

MODO DE PREPARO
Coloque todos os ingredientes (menos a água com gás) na coqueteleira e agite. Despeje tudo em um copo alto com gelo e complete com a água com gás. Decore com a fatia de limão.

NEGRONI

INGREDIENTES
- 30 ml de gim
- 30 ml de Campari
- 30 ml de vermute rosso
- 10 ml de suco de laranja (opcional)
- Gelo
- ½ rodela de laranja para decorar

MODO DE PREPARO
Coloque todos os ingredientes em um copo baixo com gelo e mexa. Decore com a ½ rodela de laranja.

BRANDY ALEXANDER

INGREDIENTES
- 30 ml de conhaque ou *brandy*
- 30 ml de licor de cacau
- 30 ml de creme de leite
- Noz-moscada

MODO DE PREPARO
Coloque todos os ingredientes na coqueteleira e agite. Despeje tudo em uma taça de coquetel previamente gelada e polvilhe com noz-moscada fresca.

drinks | O grande Lebowski | The big Lebowski | Joel Coen | 1998

MILK-SHAKE ALCÓOLICO

Jeffrey "Dude" Lebowski (Jeff Bridges) leva uma vida peculiar. Solteiro e desempregado, ele se contenta com pouco: jogar boliche, fumar maconha e beber *White Russian*. Só ao longo dos 117 minutos do filme *O grande Lebowski*, são nove deles.

O drink doce e suave, que já era dado como fora de moda, deve aos fãs do Dude seu *revival* e elevação ao *status* de ícone.

RECEITA

WHITE RUSSIAN
- RENDIMENTO **1 porção**
- TEMPO **5 minutos**
- DIFICULDADE **fácil**

INGREDIENTES
- 50 ml de vodca
- 20 ml de licor de café
- 20 g de creme de leite

MODO DE PREPARO
Coloque todos os ingredientes na coqueteleira e agite. Coe e despeje tudo em um copo baixo com gelo.

drinks | Sex and the city | Sex and the city | Darren Star | 1998-2004

DRINK DE MENINA

Em *Sex and the city*, o *Cosmopolitan* é o melhor amigo da jornalista Carrie Bradshaw (Sarah Jessica Parker). Companheiro de todas as horas, vai bem até com hambúrguer e batata frita. Vítima da moda, o drink andou esquecido por um tempo por Carrie e suas amigas.

Quando a advogada Miranda Hobbes (Cynthia Nixon) pergunta por que elas pararam de beber o *Cosmo*, Carrie diz: "Porque todo mundo começou a beber!".

RECEITA

COSMOPOLITAN

- RENDIMENTO **1 porção**
- TEMPO **5 minutos**
- DIFICULDADE **fácil**

INGREDIENTES
- 40 ml de suco de *cramberry*
- 50 ml de vodca
- 15 ml de *triple sec*
- 10 ml de suco de limão-siciliano
- Gelo

MODO DE PREPARO
Coloque todos os ingredientes na coqueteleira e agite com o gelo inteiro. Coe e despeje tudo em uma taça para coquetel previamente gelada. Decore com uma casquinha de limão-siciliano.

drinks | *Volver* | *Volver* | *Pedro Almodóvar* | 2006

BRINDE ESPANHOL

Em *Volver*, mesmo com o cadáver do marido escondido no freezer do restaurante, Raimunda (Penélope Cruz) aceitou o desafio de cozinhar por uns dias para uma equipe de filmagem que estava trabalhando na região. Arrumou os ingredientes com as vizinhas e preparou um monte de comida caseira espanhola: *tortilla, morcilla, chorizo*.

Depois, na festa de encerramento das gravações, serviu "caipiriñas" autênticas e *mojitos* refrescantes para todos. *Ay que rico!*

RECEITA MOJITO

- RENDIMENTO **1 porção** • TEMPO **5 minutos**
- DIFICULDADE **fácil**

INGREDIENTES
- 10 folhas de hortelã
- 1 colher (chá) de açúcar
- 10 ml de suco de limão
- 50 ml de rum
- Gelo
- Água com gás
- 1 fatia de limão para decorar

MODO DE PREPARO
Mexa ou macere as folhas de hortelã, o açúcar e o suco de limão em um copo alto. Encha com gelo, acrescente o rum e mexa para a hortelã subir. Complete com água com gás e decore com uma fatia de limão.

drinks | 007 – Operação Skyfall | Skyfall | Sam Mendes | 2012

LICENÇA PARA BEBER

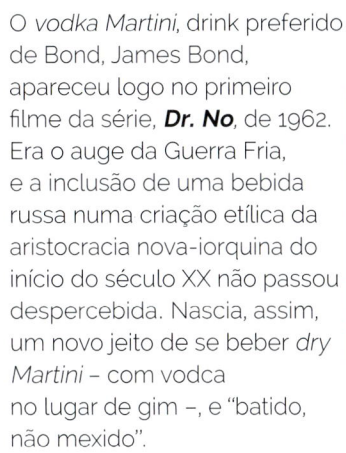

O *vodka Martini*, drink preferido de Bond, James Bond, apareceu logo no primeiro filme da série, **Dr. No**, de 1962. Era o auge da Guerra Fria, e a inclusão de uma bebida russa numa criação etílica da aristocracia nova-iorquina do início do século XX não passou despercebida. Nascia, assim, um novo jeito de se beber *dry Martini* – com vodca no lugar de gim –, e "batido, não mexido".

Como tudo na vida tem um preço, a Guerra Fria deu lugar a uma recessão global, e James Bond (Daniel Craig) se rendeu ao *merchant* em *Operação Skyfall* e mudou radicalmente de bebida ao trocar o *vodka Martini* por uma… cerveja Heineken. Gelada, não batida.

RECEITA

VODKA MARTINI

- RENDIMENTO **1 porção**
- TEMPO **5 minutos**
- DIFICULDADE **fácil**

INGREDIENTES

- 100 ml de vodca
- 5 ml de vermute seco
- Gelo
- Azeitona e casquinha de limão-siciliano para decorar

MODO DE PREPARO

Coloque a vodca, o vermute e o gelo na coqueteleira e agite. Usando coagem dupla, despeje tudo numa taça de coquetel previamente gelada. Para finalizar, torça de leve uma casquinha de limão-siciliano e coloque-a na borda da taça. Decore o drink com uma azeitona no palito.

drinks | E.T. – O extraterrestre | E.T. the extra-terrestrial | Steven Spielberg | 1982

EXTRATERRESTRE CERVEJEIRO

Atraído por balinhas coloridas, E.T. logo virou amigo e extraterrestre de estimação de Elliot (Henry Thomas). O menino e seus irmãos ensinaram tudo para o visitante – como se vestir, falar, comer –, até que o alien aprendeu a fazer sozinho o caminho da cozinha.

Um dia, abriu a geladeira, comeu salada de batatas e não gostou. Jogou para o cachorro. Aí, pegou uma cerveja – e essa, sim, adorou. Deixou até Elliott bêbado. A relação dos dois era coisa de outro mundo.

DICA

A temperatura de 10 °C é a ideal para que a cerveja fique mais encorpada e pronta para beber. Deixá-la estupidamente gelada pode até matar a sede, mas não é o melhor para preservar as propriedades da bebida. Outra coisa: depois de colocada na geladeira, deve ficar por lá até a hora do consumo. Esfriar, esquentar e depois gelar de novo só vai deixar a cerveja choca.

drinks

Harry Potter e o enigma do Príncipe | **Harry Potter and the Half-Blood Prince** | David Yates | 2009

RECEITA

CERVEJA AMANTEIGADA
- RENDIMENTO **4 porções**
- TEMPO **50 minutos** • DIFICULDADE **fácil**

INGREDIENTES
- 4 colheres (sopa) de manteiga em temperatura ambiente
- 200 g de açúcar mascavo
- 2 colheres (chá) de canela
- ½ colher (chá) de noz-moscada
- ¼ de colher (chá) de cravo (moído)
- 470 ml sorvete de baunilha amolecido
- 600 ml de sidra de maçã

MODO DE PREPARO
Misture a manteiga, o açúcar e os temperos em uma tigela grande. Adicione o sorvete, misture e leve ao freezer para congelar. Aqueça a sidra em uma panela por 3 minutos (use fogo alto para ferver e eliminar o álcool) e, depois espere esfriar um pouco. Encha cada copo com uma colherada generosa da porção de sorvete e derrame sobre ela a sidra aquecida – vai espumar, como cerveja.

BEBIDA PROIBIDA PARA TROUXAS

Quando não estão em aula na Escola de Magia e Bruxaria de Hogwarts, jogando quadribol ou enfrentando o "você-sabe-quem", Harry Potter (Daniel Radcliffe) e seus amigos merecem uma cerveja amanteigada. A bebida, vendida nos comércios de Hogsmeade, não é alcóolica, mas faz efeito sobre os bruxos. Algo que os "trouxas" – pessoas normais, sem poderes mágicos –, definitivamente, não podem sentir.

Em *Harry Potter e o enigma do Príncipe*, sexto filme da saga, Harry, Hermione (Emma Watson) e Ron (Rupert Grint) estão com 16 anos, e deixando aparecer sentimentos e comportamentos típicos da idade. Normal, então, que queiram se "embebedar" de vez em quando. Uma vez, no *pub* Três Vassouras, pediram uma rodada de cerveja. Hermione quis a dela com um pouco de gengibre. Ficou "tontinha" – com direito a bigode de espuma e pernas trançadas na saída. Ah, os adolescentes…

E TEM TAMBÉM

Em "Beers and weirs" (temporada 1, episódio 2), da série **Freaks & Geeks**, quando os pais de Lindsay (Linda Cardellini) viajam, ela é convencida por Daniel (James Franco) a dar uma festa em casa. O irmão dela, Sam (John Francis Daley), e os amigos *geeks*, preocupados com o que os *freaks* podem aprontar, trocam o barril de cerveja normal por outro sem álcool. O que acontece? Os convidados bebem horrores e se comportam como se estivessem bêbados. "É o efeito placebo."

drinks | Laranja mecânica | A clockwork orange | Stanley Kubrick | 1971

LEITINHO BATIZADO

[E]m um futuro indeterminado, Alex ([M]alcolm McDowell) e sua gangue [b]ebem *moloko vellocet*, um leite [c]om alucinógenos e outras drogas, [c]omo combustível para cometer [a]trocidades por aí.

O drink é da ficção – *moloko* [s]ignifica "leite" em russo, e *vellocet* [q]uer dizer "droga alucinógena" [e]m nadsat, a língua inventada [p]elo autor do romance *Laranja [m]ecânica*, Anthony Burgess. [M]as o efeito de tanta violência [n]a tela é uma ressaca daquelas.

DICA

Para incrementar o leite (e não ter efeitos colaterais), prefira especiarias (veja ao lado algumas sugestões). Coloque as especiarias de sua preferência para ferver em ½ xícara de água por 2 minutos. Acrescente leite quente e adoce a gosto com mel. Uma delícia para tomar no frio, antes de dormir.

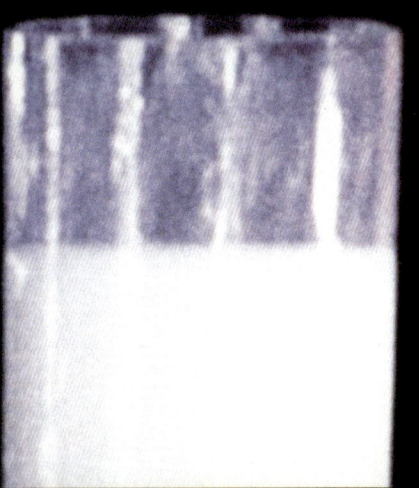

Canela · *gengibre* · *cravo-da-índia* · *noz-moscada* · *cardamomo*

comida
do futuro

comida do futuro

| De volta para o futuro – Parte II | Back to the future – Part II | Robert Zemeckis | 1989 |

PIZZA INSTANTÂNEA

A sequência do filme *De volta para o futuro* fascinou não só pelo roteiro rico e divertido, mas também pelo exercício de adivinhar se 2015 seria como os produtores imaginavam lá na década de 1980. Muitas das "previsões" se confirmaram, como *tablets*, TVs com múltiplos canais e opção de videoconferência, câmeras digitais superfinas e até um óculos bem parecido com o Google Glass. Mas na comida eles erraram.

Na casa dos McFly do futuro, vovó Lorraine (Lea Thompson) tira do armário um saquinho de alumínio com o logotipo da Pizza Hut, abre, coloca o pequeno disco de massa numa bandeja de um forno Hydrator que atende ao seu comando de voz: "Hidratar nível quatro, por favor". Em apenas três segundos, o brotinho se transforma numa pizza tamanho família, meia pepperoni, meia pimentão verde, quentinha, pronta para consumo. Não é feitiçaria, é tecnologia!

RECEITA

MASSA PARA PIZZA

- PORÇÃO **2 pizzas grandes**
- TEMPO **1 hora e 30 minutos**
- DIFICULDADE **média**

INGREDIENTES
- 25 g de fermento biológico
- 400 g de farinha
- 1 xícara (chá) de água morna
- 1 colher (chá) de sal

MODO DE PREPARO

Primeiro, prepare a "esponja" com o fermento biológico, 1 colher (sopa) de farinha e a água morna, deixando essa mistura num local quentinho para crescer por 30 minutos.

Depois, acrescente o sal e vá adicionando o resto da farinha e sovando a massa de 10 a 15 minutos. Após a sova, deixe crescer até que a massa dobre de volume.

Abra a massa com o rolo – dá para dois discos. Pincele molho de tomate e leve ao forno para pré-assar. Retire, coloque mais molho, o recheio escolhido e volte ao forno para finalizar.

comida do futuro | O quinto elemento | The fifth element | Luc Besson | 1997

COMIDA TAILANDESA EM DOMICÍLIO

Em *O quinto elemento*, Korben Dallas (Bruce Willis) é um militar aposentado que ganha a vida como taxista em Nova York e se alimenta à base de comida entregue em casa. Mas não do jeito tradicional. No longínquo ano de 2263, a figura do motoboy se tornou obsoleta.

No futuro, pelo menos de acordo com o filme de Luc Besson, vai funcionar assim: você liga e, em alguns minutos, o próprio cozinheiro, numa espécie de barraquinha flutuante, aparece na sua janela. Korben queria uma comida tailandesa, e lá se foi o sr. Kim (Kim Chan), com sua chapa quente. Tudo feito na hora, com direito a biscoito da sorte. Prático, não?

RECEITA

ARROZ DE JASMIM AO LEITE DE COCO

- PORÇÃO **4 pessoas**
- TEMPO **20 minutos**
- DIFICULDADE **fácil**

INGREDIENTES
- 1 xícara (chá) de arroz de jasmim
- 1 ¼ xícara (chá) de leite de coco
- 1 ¼ xícara (chá) água
- 1 folha de louro
- Sal a gosto

MODO DE PREPARO
Coloque todos os ingredientes numa panela e leve ao fogo alto, mexendo até ferver.

Reduza o fogo para médio/baixo, tampe a panela e deixe cozinhar até que todo o líquido seja absorvido. Mexa o arroz de vez em quando.

Depois de pronto, retire do fogo e espere 10 minutos antes de servir. O arroz de jasmim fica bem grudadinho e é uma ótima opção para companhar aves e peixes temperados ao estilo oriental.

E TEM TAMBÉM

Em **Todo-Poderoso**, Deus sai de férias e deixa o repórter Bruce Nolan (Jim Carrey) em seu lugar. Empolgado com o cargo, o jornalista só quer saber do bom e do melhor. Ao acordar, em vez de preparar o café, ele "materializa" um agricultor colombiano chamado Juan Valdez (referência à marca homônima), que aparece na janela de sua casa lhe servindo o mais puro grão da Cordilheira dos Andes. Deus sabe o que faz.

| comida do futuro | 2001 – Uma odisseia no espaço | 2001 – A space odyssey | Stanley Kubrick | 1968 |

BANDEJÃO COM TABLET

Lançado em 1968, às vésperas da chegada do homem à Lua, mas numa época em que filme de ficção científica era um misto de comédia e terror, sempre com ETs gigantes prontos para destruir o mundo, *2001 – Uma odisseia no espaço* se tornou um marco, e não só pelos incríveis efeitos visuais e sonoros. Ao colocar a inteligência artificial como protagonista, o escritor Arthur C. Clarke e o diretor Stanley Kubrick estavam antevendo o futuro.

Quer um exemplo? Na cena em que os astronautas Dave Bowman (Keir Dullea) e Frank Poole (Gary Lockwood) aparecem jantando (num bandejão com quatro compartimentos com alimentos pastosos e coloridos), ambos estão interagindo com um aparelho quase idêntico a um iPad. Que atire o primeiro osso de primata quem nunca fez uma refeição enquanto dava uma bisbilhotada no e-mail ou nas redes sociais.

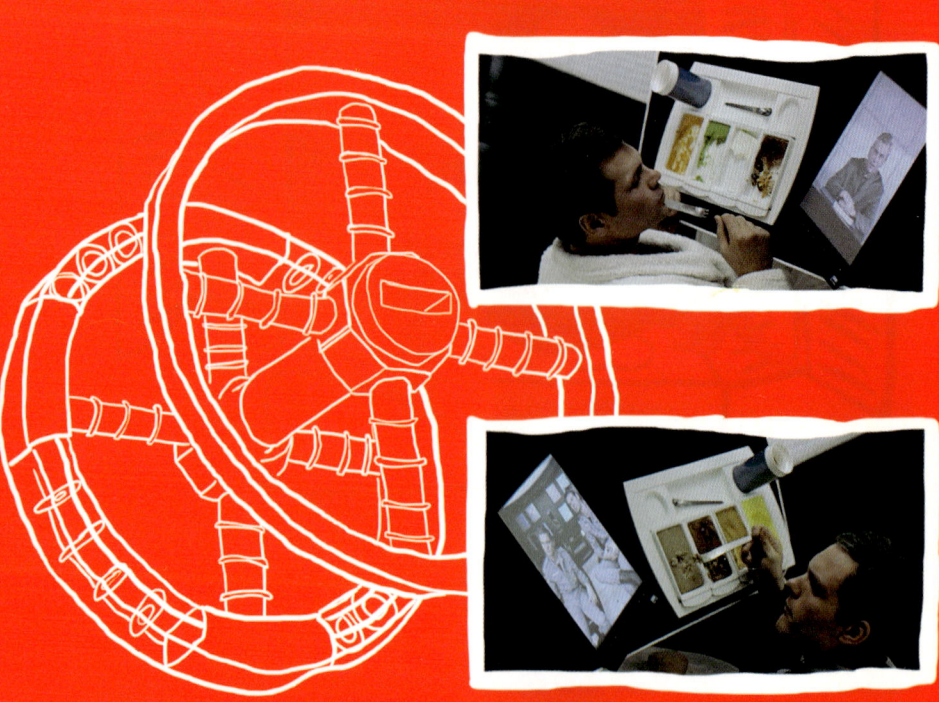

SAIBA MAIS

Nas primeiras missões, a comida espacial tinha consistência pastosa e ficava armazenada em tubos similares aos de pasta de dente. Precisava ser embalada desta forma para que não flutuasse com a baixa gravidade. Hoje, alguns astronautas – realizando pesquisas para o desenvolvimento de vida sustentável no espaço – já plantam sua própria hortinha fora da Terra.

E TEM TAMBÉM

Em *Wall-E*, que se passa no ano de 2110, já não há mais uma alma viva na Terra, completamente intoxicada pelo consumismo em massa. Só quem mora no Planeta Água é o robô compactador de lixo Wall-E. Os seres humanos, para sobreviver, são isolados na nave estelar Axiom. Obesos mórbidos, comem (ou bebem?) tudo em copos descartáveis com canudo. Cheesebúrguer, batata frita, pizza... É só escolher.

índice remissivo

índice remissivo

RECEITAS

Almôndegas a la Goodfellas	45
Arroz de jasmim ao leite de coco	133
Baba au rhum	55
Bisque	27
Bloody Mary	123
Bolo no palito (*cakepop*)	117
Bouef bourguignon	43
Brandy Alexander	123
Brownie	102
Café da manhã do Dexter	14
Camarão ao alho e óleo	67
Cannoli	111
Carneiro marroquino	84
Cerveja amanteigada	129
Club sandwich	95
Codorna ao molho de uvas verdes	80
Conserva caseira de pepinos	36
Cookies	103
Coq au vin	44
Coquetel de camarão	81
Cosmopolitan	125
Costelinhas de porco agridoces	71
Coxinha de galinha	61
Crème brûlée	114
Croissant de chocolate	104
Danish	13
Dim sum de carne de porco	59
Espaguete com almôndegas	73
Frango frito	96
French toast	18
Hambúrguer	92
Lamen	56
Lembas	22
Macaron	115
Macarrão com queijo (*mac & cheese*)	74
Massa para pizza	132
Milk-shake de baunilha	94
Mojito	126
Mole poblano	50
Molho de açafrão	53
Moussaka	34
Negroni	123
Ovo na cesta (*egg in a basket*)	20
Panqueca americana (*pancake*)	19
Pão caseiro	47
Peras ao vinho	116
Pudim de chocolate	105
Quiche *lorraine*	37
Ratatouille	65
Rosbife assado	83
Salada de batata	31
Sanduíche de pasta de amendoim	16
Sanduíche de pastrami	28
Sopa azul de batata e alho-poró	51
Strudel de maçã (*apfelstrudel*)	113
Suflê de queijo	68
Timpano	63
Tiramisù	110
Tom Collins	123
Tomates verdes fritos	66
Torta "O Earl vai me matar porque estou tendo um caso"	107
Torta de *blueberry*	109
Torta de chocolate	106
Trifle de banana e doce de leite	99
Trufa de chocolate	101
Vodka Martini	127
Waffles	17
White Russian	124

índice remissivo

FILMES

007 – Operação Skyfall **127**
2 Filhos de Francisco – A história de Zezé Di Camargo & Luciano **21**
2001 – Uma odisseia no espaço **134**
9 ½ semanas de amor **118**
À espera de um milagre **60**
Adeus, Lenin! **36**
American pie **109**
Asas do desejo **116**
Auto da Compadecida, O **35**
Bastardos inglórios **112**
Beleza americana **82**
Benny & Joon – Corações em conflito **47**
Bonequinha de Luxo **12**
Bons companheiros, Os **45**
Casamento do meu melhor amigo, O **114**
Casamento grego **34**
Chocolate **101**
Cidade de Deus **58**
Cidades dos anjos **116**
Clube da luta **106**
Clube dos cinco **29**
Comer, beber, viver **58**
Comer, rezar, amar **33**
Comilança, A **89**
Como água para chocolate **50**
Como se fosse a primeira vez **17**
Conta comigo **89**
Cozinheiro, o ladrão, sua mulher e o amante, O **66**
Curtindo a vida adoidado **79**
Dama e o Vagabundo, A **73**
De volta para o futuro – Parte II **132**
Diário de Brigdet Jones, O **51**
Donnie Brasco **44**
E.T. – O extraterrestre **128**
Edward Mãos de Tesoura **83**
Em busca do ouro **47**
Embriagado de amor **105**
Encontro marcado **16**
Entrevista com o vampiro **46**
Era do Gelo, A **49**
Esqueceram de mim **74**
Estômago **60**
Fabuloso destino de Amélie Poulain, O **114**
Fantasmas de divertem, Os **81**
Fantástica fábrica de chocolate, A **100**
Feitiço da lua **20**
Feitiço do tempo **17**
Festa de Babette, A **54**
Forrest Gump, O contador de histórias **67**
Frenesi **80**
Garçonete, A **107**
Goonies, Os **101**
Grande Lebowski, O **124**
Grande noite, A **62**
Guerra nas estrelas **51**
Harry & Sally – Feitos um para o outro **28**
Harry Potter e o enigma do Príncipe **129**
Histórias cruzadas **106**
Hobbit: Uma jornada inesperada, O **22**
Indiana Jones e o Templo da Perdição **88**
Irmãos Cara de Pau, Os **78**
Julgamento de Paris, O **121**
Julie & Julia **42**
Kramer vs. Kramer **18**
Kung Fu Panda **57**
Ladrão de casaca **37**
Laranja mecânica **130**
Mais estranho que a ficção **103**
Maria Antonieta **115**
Mary & Max **101**
Matrix **87**
Melhor é impossível **23**
Menina de ouro **109**
Meu primeiro amor **31**
Minha mãe é uma sereia **16**
Monty Python – O sentido da vida **89**
Náufrago **41**
Noivo neurótico, noiva nervosa **41**
Patch Adams – O amor é contagioso **32**
Pequena Miss Sunshine **96**
Poderoso Chefão, O **111**
Psicopata americano **79**
Psicose **113**
Profissional, O **75**
Pulp fiction – Tempo de violência **94**
Quando os jovens se tornam adultos **95**
Quem vai ficar com Mary? **117**
Quero ficar com Polly **84**
Quero ser grande **75**
Quinto elemento, O **133**
Rain Man **19**
Ratatouille **64**
Rei leão, O **15**
Rocky – Um lutador **21**
Sabor de uma paixão, O **57**
Sabrina **68**
Sem reservas **53**
Senhor dos Anéis: A Sociedade do Anel, O **22**
Seven – Os sete crimes capitais **89**
Shrek 2 **76**
Sideways – Entre umas e outras **120**
Silêncio dos inocentes, O **46**
Simplesmente amor **109**
Simplesmente complicado **104**
Simplesmente Martha **53**
Sob o sol da Toscana **33**
Soul Kitchen **70**
Superbad **110**
Suspeitos, Os **24**
Tampopo – Os brutos também comem espaguete **56**
Tempos modernos **38**
Todo-Poderoso **133**
Tomates verdes fritos **66**
Top Gang! – Ases muito loucos **118**
Touro indomável **35**
Três é demais **75**
Um beijo roubado **108**
Um conto chinês **86**
Um dia de fúria **92**
Um lugar chamado Notting Hill **102**
Um príncipe em Nova York **92**
Uma babá quase perfeita **48**
Uma linda mulher **77**
Uma vida iluminada **85**
V de vingança **20**
Vatel – Um banquete para o rei **115**
Volver **126**
Wall–E **134**

SÉRIES DE TV

Anos incríveis **30**
Breaking bad **96**
Dexter **14**
Freaks & Geeks **129**
Friends **98**
House **49**
House of cards **71**
How I met your mother **93**
Lost **91**
Mad Men **122**
Modern family **84**
Portlândia **39**
Pushing daisies **109**
Seinfeld **26, 95**
Sex and the city **125**
Simpsons, Os **91**
That '70s show **15**
The Big Bang Theory **86**
The office **15**
Treme **69**
Twin Peaks **109**
Um amor de família **93**

DIRETORES

Adrian Lyne **118**
Adrienne Shelly **107**
Alexander Payne **120**
Alfonso Arau **50**
Alfred Hitchcock **37, 80**
Andrew Adamson **76**
Andy Wachowski **87**
Ang Lee **58**
Barry Levinson **19, 95**
Billy Wilder **68**
Blake Edwards **12**
Bobby Farrelly **117**
Brad Bird **64**
Brad Silberling **116**
Bryan Singer **24**
Campbell Scott **62**
Charles Chaplin **38, 47**
Chris Columbus **48, 74**
Clyde Geronimi **73**
Conrad Vernon **76**
David Yates **129**
Fatih Akin **70**
Francis Ford Coppola **111**
Gabriel Axel **54**
Garry Marshall **77**
Greg Mottola **110**
Hamilton Luske **73**
Howard Zieff **31**
James L. Brooks **23**
James McTeigue **20**
Jan Pinkava **64**
Jean-Pierre Jeunet **114**
Joel Coen **124**
Joel Schumacher **92**
Joel Zwick **34**
John G. Avildsen **21**
John Hamburg **84**
John Hughes **29**
John Landis **78**
Jon Avnet **66**
Jonathan Demme **46**
Jûzô Itami **56**
Kar Wai Wong **108**
Kelly Asbury **76**
Lana Wachowski **87**
Liev Schreiber **85**
Luc Besson **133**
Marc Foster **103**
Marcos Jorge **60**
Martin Scorsese **35, 45**
Mary Harron **79**
Mel Stuart **100**
Mike Newell **44**
Nancy Meyers **104**
Nora Ephron **42**
Paul Thomas Anderson **105**
Pedro Almodóvar **126**
Penny Marshall **75**
Peter Farrelly **117**
Peter Jackson **22**
Peter Segal **17**
Quentin Tarantino **94, 112**
Richard Benjamin **16**
Rob Reiner **28**
Robert Benton **18**
Robert Zemeckis **67, 132**
Roger Michell **102**
Ryan Murphy **33**
Sam Mendes **82, 127**
Sandra Nettelback **53**
Scott Hicks **53**
Sebastián Borensztein **86**
Sharon Maguire **51**
Sofia Coppola **115**
Stanley Kubrick **130, 134**
Stanley Tucci **62**
Steven Spielberg **88, 128**
Tate Taylor **106**
Terry Gilliam **89**
Terry Jones **89**
Tim Burton **81, 83, 100**
Tom Shadyac **32**
Wilfred Jackson **73**
Wim Wenders **116**
Wolfgang Becker **36**
Woody Allen **41**

CRIADORES

Beau Willimon **71**
Carol Black **30**
Carrie Brownstein **39**
Carter Bays **93**
Craig Thomas **93**
Damon Lindelof **91**
Darren Star **125**
David Crane **98**
David Shore **49**
David Simon **69**
Eric Overmyer **69**
Fred Armisen **39**
Greg Daniels **15**
J.J. Abrams **91**
James Manos Jr. **14**
Jeffrey Lieber **91**
Jerry Seinfeld **26**
Jonathan Krisel **39**
Larry David **26**
Marta Kauffman **98**
Matthew Weiner **122**
Neal Marlens **30**
Ricky Gervais **15**
Stephen Merchant **15**
Vince Gilligan **95**

ATORES

Aaron Eckhart **53**
Aaron Paul **96**
Abigail Breslin **53, 96**
Adam Bousdoukos **70**
Adam Sandler **17, 105**
Aidan Quinn **47**
Al Pacino **44, 111**
Alan Arkin **96**
Alan Ruck **79**
Alec Baldwin **81**
Alec McCowen **80**
Ally Sheedy **29**
Alyson Hannigan **93**
Amy Adams **42**
Andie MacDowell **17**
Andrew Lincoln **109**
Andy Berman **30**
Andy Lindberg **89**
Ângelo Antônio **21**
Anna Chlumsky **31**
Annette Bening **82**
Anthony Hopkins **16, 46**
Anthony Michael Hall **29**
Aretha Franklin **78**
Audrey Hepburn **12, 68**
Audrey Tautou **114**
Ben Stiller **84, 117**
Bill Murray **17**
Billy Crystal **28**
Birol Ünel **70**
Brad Pitt **16, 46, 89, 106**
Brittany Murphy **57**
Bruce Willis **133**
Bryan Cranston **96**
Burt Young **21**
Cameron Diaz **114, 117**
Carrie Brownstein **39**
Cary Grant **37**
Catherine Zeta-Jones **53**
Charles Chaplin **38, 47**
Charles Scorsese **45**
Charlie Sheen **118**
Cher **16, 20**
Christian Bale **79**
Christina Ricci **16**
Christoph Waltz **112**
Christopher Mintz-Plasse **110**
Clint Eastwood **109**
Colin Firth **51**
Courtney Cox **98**
Cynthia Nixon **125**
Dan Aykroyd **78**
Danica McKellar **30**
Daniel Brühl **36**
Daniel Craig **127**
Daniel Radcliffe **129**
Daniel Stern **95**
David Moscow **75**
David Schwimmer **98**
Diane Keaton **41**
Diane Lane **33**

139

índice remissivo

Drew Barrymore **17**
Dustin Hoffman **18, 19**
Ed O'Neill **93**
Eddie Murphy **92**
Elijah Wood **22, 85**
Ellen Albertini Dow **32**
Emilio Estevez **29**
Emma Stone **110**
Emma Watson **129**
Eric Stonestreet **84**
Frank Pellegrino **45**
Fred Armisen **39**
Fred Savage **30**
Gary Lockwood **134**
Geena Davis **81**
George Peppard **12**
Georgia Hale **47**
Gérard Depardieu **115**
Grace Kelly **37**
Harrison Ford **88**
Helen Hunt **23**
Helen Mirren **66**
Henry Thomas **128**
Hilary Swank **109**
Hugh Laurie **49**
Hugo Weaving **20**
Ian McKellen **22**
Ignacio Huang **86**
Jack Nicholson **23**
James Franco **129**
Janet Leigh **113**
Jared Leto **79**
Jason Alexander **26**
Jason Biggs **109**
Jason Schwartzman **75, 115**
Jason Segel **93**
Jeff Brigdes **124**
Jeff Cohen **101**
Jennifer Aniston **84, 98**
Jerry Seinfeld **26**
Jim Carrey **133**
Jim Parsons **86**
Jonathan Ke Quan **88**
João Miguel **60**
Jodie Foster **46**
Joe Pantoliano **87**

John Belushi **78**
John Cleese **89**
John Hamm **122**
John Matuszak **101**
John Travolta **94**
Johnny Depp **44, 47, 83, 100**
Johnny Galecki **86**
Jonah Hill **110**
Jorge Garcia **91**
Josh Saviano **30**
Judd Nelson **29**
Jude Law **108**
Julia Louis-Dreyfus **26**
Julia Roberts **33, 77, 102, 114**
Juliette Binoche **101**
Justin Henry **18**
Kate Capshaw **88**
Keanu Reeves **87**
Keir Dullea **134**
Keira Knightley **109**
Keri Russel **107**
Kevin Bacon **95**
Kevin Spacey **24, 71, 82**
Kieran Mulroney **27**
Kim Bassinger **118**
Kim Chan **133**
Kim Dickens **69**
Kirsten Dunst **115**
Kurtwood Smith **15**
Kyle MacLachan **109**
Larry David **27**
Lea Thompson **132**
Lee Bear **27**
Lee Pace **109**
Linda Cardellini **129**
Lisa Kudrow **99**
Lumi Cavazos **50**
Macaulay Culkin **31, 74**
Maggie Gyllenhaal **103**
Malcolm McDowell **130**
Marcello Mastroianni **89**
Maria Simon **36**
Mark Hamill **51**
Marlon Brando **111**
Martin Freeman **22**
Mary Stuart Masterson **47, 66**
Matheus Nachtergaele **35**
Matt LeBlanc **98**
Matthew Broderick **79**
Matthew Perry **99**
Meg Ryan **28, 116**
Mélanie Laurent **112**
Meryl Streep **42, 104**

Mia Sara **79**
Michael C. Hall **14**
Michael Cera **110**
Michael Clarke Duncan **60**
Michael Douglas **92**
Michael Keaton **81**
Michael Richards **26**
Michel Piccoli **89**
Mickey Rourke **95, 118**
Molly Ringwald **29**
Morgan Freeman **89**
Mykelti Williamson **67**
Natalie Portman **20, 75**
Nia Vardalos **34**
Nicolas Cage **116**
Nobuko Miyamoto **56**
Norah Jones **108**
Octavia Spencer **106**
Olympia Dukakis **20**
Orlando Bloom **22**
Paul Giamatti **120**
Paul Sorvino **45**
Penélope Cruz **126**
Philippe Noiret **89**
Ray Liotta **45**
Reg E. Cathey **71**
Renée Zellweger **51**
Ricardo Darín **86**
Richard Castellano **111**
Robert De Niro **35**
Robin Williams **32, 48**
Rupert Grint **129**
Sally Field **48**
Samuel L. Jackson **92, 94**
Sarah Jessica Parker **125**
Sheryl Lee **109**
Sofia Vergara **84**
Stanley Tucci **62**
Stéphane Audran **54**
Steve Carell **15**
Steve Guttemberg **95**
Steve Martin **104**
Sylvester Stallone **21**
Talia Shire **21**
Ted Levine **46**
Terry Jones **89**
Thomas Haden Church **120**
Thoper Grace **15**
Thora Birch **82**
Timothy Dale **95**
Tom Cruise **19**
Tom Hanks **41, 60, 67, 75**
Tony Shalhoub **62**

Tsutomo Yamazaki **56**
Ugo Tognazzi **89**
Valeria Golino **118**
Viola Davis **106**
Virginia Madsen **120**
Vivien Merchant **80**
Wayne Knight **27**
Will Ferrel **103**
Winona Ryder **16**
Woody Allen **41**

CHEFS

Alex Atala **79**
Antonin Carême **54**
Anthony Bourdain **69**
Bernard Loiseau **79**
David Chang **69**
Eric Ripert **69**
Julia Child **42**
Nigella Lawson **69**
Tom Colicchio **69**
Wylie Dufresne **69**

créditos das imagens

Todos os esforços foram feitos para identificar a origem das imagens contidas neste livro. A Panda Books agradece qualquer informação relativa às autorias que possam estar incompletas nesta edição e se compromete a incluí--las nas futuras impressões.

p. 12 Reprodução Breakfast at Tiffany's © 1961 Paramount Home Entertainment **p. 14** Divulgação Dexter © 2006 Showtime **p. 15** Divulgação The office © 2005 NBC Universal, Inc. **p. 16** Divulgação Mermaids © 1990 Metro-Goldwyn--Mayer Studios, Inc./Orion Pictures Corporation **p. 17** Reprodução 50 first dates © 2003 Columbia Pictures Industries, Inc. **p. 18** Reprodução Kramer vs. Kramer © 1979 Columbia Pictures. **p. 19** Reprodução Rain Man © 1988 Metro-Goldwyn-Mayer Studios, Inc. **p. 20** Reprodução V for vendetta © 2006 Warner Bros. **p. 22** Divulgação The Lord of the Rings: The Fellowship of the Ring © 2001 New Line Productions, Inc. **p. 24** Reprodução The usual suspects © 1995 Metro-Goldwyn-Mayer Studios, Inc. **p. 26** Divulgação Seinfeld © 1990-1998 National Broadcasting Company (NBC) **p. 28** Reprodução When Harry met Sally © 1989 Twentieth Century Fox **p. 29** Reprodução The breakfast club © 1985 Universal Pictures **p. 30** Reprodução The wonder years © 1988-1993 American Broadcasting Companies, Inc. **p. 31** Reprodução My girl © 1991 Columbia Pictures Industries, Inc. **p. 32** Reprodução Patch Adams © 1998 Universal Pictures **p. 33** Reprodução Eat, pray, love, © 2010 Columbia Pictures Industries, Inc. **p. 34** Reprodução My big fat greek wedding © 2002 IFC Films **p. 35** Reprodução Raging bull © 1980 Metro-Goldwyn-Mayer Studios, Inc. **p. 36** Reprodução Good bye, Lenin! Foto de Conny Klein © 2003 Sony Pictures Classics **p. 37** Divulgação To Catch a thief © 1955 Paramount **p. 38** Reprodução Modern times © 1936 United Artists/Roy Export S.A.S. **p. 39** Divulgação Portlandia. Foto de Chris Hornbecker © 2011 IFC **p. 41** Reprodução Annie Hall © 1977 Metro-Goldwyn-Mayer Studios, Inc. **p. 42** Da esquerda para a direita: Reprodução The French chef © 1963-1973 WGBH | Reprodução Julie & Julia © 2009 Columbia Pictures Industries, Inc. **p. 44** Reprodução Donnie Brasco © 1997 Columbia Pictures Industries, Inc./TriStar **p. 46** Reprodução The silence of the lambs © 1991 Metro--Goldwyn-Mayer Studios, Inc. **p. 48** Reprodução Mrs. Doubtfire © 1993 Twentieth Century Fox Film Corporation **p. 49** Divulgação House M.D. © 2004-2012 Fox Network **p. 50** Reprodução Como agua para chocolate © 1992 Miramax Films **p. 51** Divulgação Bridget Jones's diary © 2003 Miramax Films/Universal Pictures | Reprodução Star Wars: Episode IV – A new hope © 1977 Lucasfilm Ltd. **p. 53** Reprodução No reservations. Foto de David Lee © 2006 Warner Bros. **p. 54** Reprodução Babettes gæstebud © 1987 Metro-Goldwyn-Mayer Studios Inc. **p. 56** Reprodução Tampopo © Itami Productions/ New Century Productions **p. 58** Reprodução Yin shi nan nu © 1994 Samuel Goldwyn Co. **p. 60** Reprodução Estômago © 2007 Zencrane Filmes/Indiana Production Company **p. 62** Reprodução Big night © 1996 Rysher Entertainment, Inc. **p. 64** Reprodução e divulgação Ratatouille © 2007 Disney Enterprises, Inc. and Pixar Animation Studios **p. 66** Divulgação Fried green tomatoes © 1991 Universal Pictures/Act III Communications **p. 67** Divulgação Forrest Gump © 1994 Paramount Pictures **p. 68** Divulgação Sabrina © 1954 Paramount MPTV **p. 69** Reprodução Treme © 2010 Blown Deadline Productions/HBO Entertainment **p. 70** Reprodução Soul kitchen © 2009 IFC Films **p. 71** Divulgação House of cards © 2013 Media Rights Capital/ Panic Pictures (II)/Trigger Street Productions/Netflix **p. 73** Reprodução Lady and the Tramp © 1955 Walt Disney Studios **p. 74** Divulgação Home alone © 1990 20th Century Fox **p. 75** Reprodução Big © 1988 Twentieth Century Fox **p. 76** Reprodução Shrek 2 © 2004 Dreamworks LLC **p. 77** Reprodução Pretty woman © 1990 Touchstone Pictures/ Buena Vista Pictures **p. 78** Reprodução The Blues Brothers © 1980 Universal Pictures **p. 79** Reprodução American psycho © 2000 Universal Pictures/Lions Gate Films **p. 80** Reprodução Frenzy © 1972 Universal Pictures **p. 82** Reprodução American beauty © 1999 Dreamworks **p. 84** Divulgação Along came Polly © 2003 Universal Pictures **p. 85** Divulgação Everything is illuminated © 2005 Warner Independent Pictures (WIP) **p. 86** Reprodução Un cuento chino © 2011 Buena Vista Internacional **p. 87** Divulgação The Matrix © 1999 Warner Bros. Entertainment **p. 88** Reprodução Indiana Jones and the Temple of Doom © Lucasfilm Ltd. & TM **p. 89** Reprodução Monty Python's The meaning of life © 1997 7th Level Productions **p. 92** Reprodução Falling down © 1993 Warner Bros. Entertainment **p. 93** Reprodução How I met your mother © 2005-CBS Broadcasting, Inc **p. 94** Reprodução Pulp fiction © 1994 Miramax Films **p. 95** Reprodução Diner © 1982 Metro--Goldwyn-Mayer Studios, Inc. **p. 96** Divulgação Breaking bad © 2008 American Movie Classics (AMC) **p. 98** Divulgação Friends © 1994-2004 Warner Bros. Entertainment **p. 100** Reprodução Willy Wonka & the chocolate factory © 1971 Warner Bros. Entertainment **p. 102** Reprodução Notting Hill © 1999 Universal Studios **p. 103** Stranger than fiction © 2006 Columbia Pictures Industries, Inc/Sony Pictures Entertainment Inc. **p. 104** Reprodução It's complicated © 2009 Universal Pictures **p. 105** Reprodução Punch-dunk love © 2002 Columbia Pictures **p. 106** Reprodução The help © 2011 DreamWorks II Distribution Co., LLC. **p. 107** Reprodução Waitress © 2007 Twentieth Century Fox **p. 108** Reprodução My blueberry nights © 2007 StudioCanal/Block 2 Pictures **p. 110** Reprodução Superbad © 2007 Columbia Pictures **p. 112** Reprodução Inglourious basterds © 2009 Visiona Romantica/ Universal Pictures/The Weinstein Company **p. 114** Reprodução Le fabuleux destin d'Amélie Poulain © 2001 Claudie Ossard Productions/Union Générale Cinématographique (UGC) **p.115** Reprodução Marie Antoinette © 2006 Columbia Pictures **p.117** Reprodução There's something about Mary © 1998 Twentieth Century Fox **p. 118** Reprodução Nine ½ weeks © 1986 Jonesfilm/ Producers Sales Organization/ MGM **p.120** Reprodução Sideways © 2004 Fox Searchlight Pictures **p. 122** Divulgação Mad Men © 2007 AMC **p. 124** Reprodução The big Lebowski © 1998 Polygram Filmed Entertainment/Working Title Films **p. 125** Divulgação Sex and the city © 1998-2004 HBO/Darren Star Productions **p. 126** Reprodução Volver © 2006 Sony Pictures Classics **p. 129** Reprodução Harry Potter © 2011 Warner Bros. Harry Potter Publishing Rights © J.K. Rowling. **p. 130** Reprodução A clockwork orange © 1971 Warner Bros. Entertainment **p. 133** Reprodução The fifth element © 1997 SNHY/Gaumont **p. 134** Reprodução 2001 – A space odyssey © 1968 Metro-Goldwyn--Mayer Studios, Inc.

referências bibliográficas

BRILLAT-SAVARIN, J-A. *A fisiologia do gosto*. São Paulo: Companhia das Letras, 2009.

DÓRIA, Carlos Alberto. *A culinária materialista: A construção racional do alimento e do prazer gastronômico*. São Paulo: Senac, 2009.

FLANDRIN, Jean-louis & MONTANARI, Massimo. *História da alimentação*. São Paulo: Estação Liberdade, 1998.

KELLY, Ian. *Carême – Cozinheiro dos reis*. São Paulo: Zahar, 2005.

MANARINI, Thaís. *A química da cozinha saudável*. São Paulo: Abril, 2013.

SMITH, F. Andrew. *Hambúrguer: Uma história global*. São Paulo: Senac, 2012.

SPANG, Rebecca L. *A invenção do restaurante – Paris e a moderna cultura gastronômica*. Rio de Janeiro: Record, 2003.

THIS, Hervé. A alimentação do amanhã. *Nature*, Londres, 5 maio 2006.

Obrigada

A Márcia Maria Klotz Brandão de Lima, pela amizade, incentivo, torcida, aulas particulares de culinária e consultoria com as receitas dos comes. E ao Danilo Cattani, pelas receitas dos bebes. Saúde!

Ao Marcelo Campanér e ao Eduardo Torres pelas fotos de divulgação feitas num belo dia de carbonara com vinho.

Pelas sugestões de filmes e séries de TV: Adilson Barros, Alex Silva, Amarílis Lage, Ana Cláudia Dolzan, Ana Paula Salaberry, Andrea Silva, Beatriz Peres, Bruno Marçal, Carlo Giovani, Cássio Barco, Chloé Pinheiro, Cláudia Flores, Daniela Bidoia, Deise Salaberry, Diogo Venturelli, Duda Bom Queiroz, Eduardo Salaberry, Fabiano Silva, Fábio Melo, Felipe Van Deursen, Fred di Giacomo, Gisele Pungan, Guilherme Fogaça, Guilherme Perez, Henrique Jábali, Izabela Moi, João Gabriel Rodrigues, João Leça, Julia Browne, Juliana Machado, Karin Hueck, Kleber Bonjoan, Letícia Cecagno, Manuela Nogueira, Maria Henriqueta Gimenes, Mauro Pinheiro, Neusa Salaberry, Rachel Bonino, Renata Miwa, Ricardo Davino, Roberto Salaberry, Sophia Chassot, Thaís Manarini, Theo Ruprecht e Thiago Lyra.

Pelo esclarecimento de dúvidas gastronômicas, gráficas, editoriais e diversas: Alexandre Versignassi, Ana Paula Megda, Beatriz Marques, Camila Rocha, Carlos Alberto Dória, Emiliano Urbim, Gabriel Gianordoli, Guilherme Bonamigo, Joana Pellerano, Juliana Gelbaum, Juliano Costa, Lilian Lovisi, Lívia Lorente, Mirian Blanco, Natália Diehl e Sandro Marques.

Por fim, um agradecimento especial a todos os amigos e familiares que, de diversas maneiras, se empolgaram tanto quanto a gente com o nosso projeto.

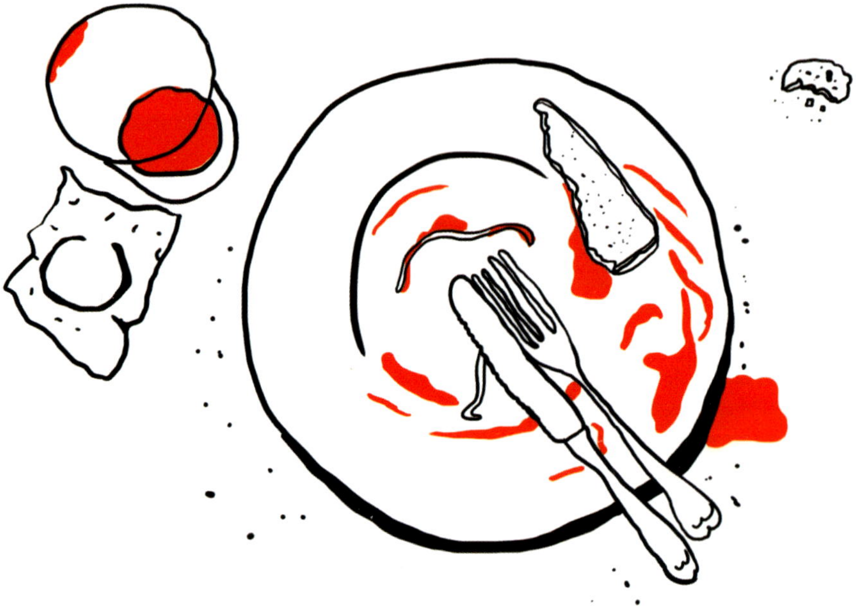